《小溪流》四十年佳作典藏·散文诗歌卷

开花的心事

《小溪流》编辑部/主编

北京理工大学出版社
BEIJING INSTITUTE OF TECHNOLOGY PRESS

版权专有　侵权必究

图书在版编目（CIP）数据

开花的心事/《小溪流》编辑部主编. -- 北京：北京理工大学出版社，2019.7（2020.6重印）
（《小溪流》四十年佳作典藏.散文诗歌卷）
ISBN 978-7-5682-7186-8

Ⅰ.①开… Ⅱ.①小… Ⅲ.①儿童文学—散文集—中国—当代②儿童诗歌—诗集—中国—当代 Ⅳ.①I287

中国版本图书馆CIP数据核字(2019)第129720号

出版发行／北京理工大学出版社有限责任公司
社　　址／北京市海淀区中关村南大街5号
邮　　编／100081
电　　话／（010）68913389（童书出版中心）
网　　址／http://www.bitpress.com.cn
经　　销／全国各地新华书店
印　　刷／三河市华骏印务包装有限公司
开　　本／880毫米×1230毫米　1/32
印　　张／7.375　　　　　　　　　　　　责任编辑／张　萌
字　　数／128千字　　　　　　　　　　　文案编辑／姚远芳
版　　次／2019年7月第1版　2020年6月第3次印刷　责任校对／周瑞红
定　　价／35.00元　　　　　　　　　　　责任印制／边心超

图书出现印装质量问题，请拨打售后服务热线，本社负责调换

写在前面的话

2020年，是《小溪流》创刊四十周年。

四十年来，她获得了首届国家期刊奖提名奖、第二届百种重点社科期刊、湖南省十佳社科期刊、中国少儿报刊金奖、湖湘优秀出版物、新闻出版总署向全国少年儿童推荐的优秀报刊等荣誉。

翻开《小溪流》，里面的一篇篇文章如同一朵朵白色的浪花，纯净美好，描绘了天真烂漫的幻想，记录了青涩懵懂的心情，影响了几代少年儿童成长。提起《小溪流》，许多人都动情地说："我是读着《小溪流》长大的！"

儿童文学作家严文井与《小溪流》渊源颇深，他的名作就叫《小溪流的歌》，在1982年第1期的《小溪流》上也有一篇他的童话《大雁和鸭子》。他通过被赋予了人格的动物之间的对话来表达作品主题，语言轻松幽默，深入浅出，令读者倍感亲切。

儿童文学作家孙幼军的短篇童话《没有鼻子的小狗》刊发于《小溪流》1990年第3期,这是他的短篇童话代表作之一。他向小朋友们讲述了一只玩具小狗的神奇经历,生动形象,寓意深刻。

小说《小丫林晓梅》是儿童文学作家秦文君的得意之作,原文发表于《小溪流》1999年第4期。《小丫林晓梅》是《男生贾里》《女生贾梅》的姐妹篇,作品以林晓梅为主人公,充分展示了当代少女所具有的聪慧、生气勃勃、富有个性的特质,抒发了她们的喜怒哀乐以及内心深处的隐私和困惑。

儿童文学作家汤素兰曾深情地回忆:"我的第一篇童话《两条小溪流》发表在1986年第2期的《小溪流》杂志上,没想到我学习写作的第一篇童话就被《小溪流》杂志采用了。多年过去,我依然珍藏着这本刊发我的童话处女作的《小溪流》杂志,我将珍藏一辈子。"

……

诚如您所见,《小溪流》不但刊登过叶圣陶、陈伯吹、严文井、圣野、叶君健等大作家、诗人、翻译家的作品,还是许多作家起步的地方,他们在这里发表了自己的处女作,怀揣一颗真善美的赤子之心,一步步迈向文学的殿堂。

在《小溪流》四十岁生日之际,我们从已经出版的 800 多期杂志中遴选精品力作,集文章之大成,汇作品之精华,编辑出版这套"《小溪流》四十年佳作典藏"系列,以答谢这么多年来支持《小溪流》的读者、作家和编辑朋友们。四十年光阴已是一片沧海,而书页上的文字繁茂如初、少年的纯真依旧。这些打动人心的作品具有超越时空的魔力,值得一读再读。

《小溪流》编辑部

2019 年 5 月 6 日

《小溪流》大事年表

1980 年　《小溪流》创刊，茅盾题写刊名。

1983 年　在南岳磨镜台举办"第三届《小溪流》儿童文学笔会"，田原、包蕾、于康、峻青、峻青夫人、叶君健、未央等著名作家、画家亲切地与小作者们面对面。

1990 年　举办十周年刊庆，冰心、严文井、陈伯吹、林海音等著名儿童文学作家为《小溪流》题写贺词。

1990 年　《小小溪流》《小说》《新人新作》栏目荣获中国首届少儿报刊奖(1987—1989)。

1990 年　由台湾"大陆儿童文学研究会"发起，湖南《小溪流》杂志主办的"世界华文儿童文学笔会"在湖南省长沙市和衡山县南岳召开。来自我国大陆和台湾，以及美国、新加坡、马来西亚等国家和地区的五十六名儿童文学工作者参加了这次笔会。事迹曾发表在

《人民日报（海外版）》。

1992 年	在南岳举办海内外华人少年作文夏令营。
1996 年	荣获"我是中国人"文学征文大奖赛组织奖。
1997 年	荣获湖南省公开发行期刊期平均印数前十名。
1999 年	荣获第二届全国百种重点社科期刊。
1999 年	荣获首届中国期刊奖提名奖。
2000 年	荣获湖南省首届十佳社科期刊。
2000 年	邀请电视剧《钢铁是怎样炼成的》中保尔·柯察金的扮演者安德列·萨米宁来中国，做捐助贫困小学活动形象代言人，并举办新闻发布会。
2001 年	跻身"中国期刊方阵"。
2004 年	《小溪流》三个版本被中国基础教育知识仓库（CFED）全文收录。
2007 年	举办创刊 400 期刊庆，琼瑶、圣野、叶君健、蒋风等著名作家、翻译家、儿童文学理论家为《小溪流》题写贺词。
2007 年	荣获"湖南省首批青年文化示范单位"称号。
2009 年	列入新闻出版总署向全国少年儿童推荐的优秀少儿报刊名单。
2010 年	《大诗人·小诗人》栏目荣获第二届湖南省期刊优秀

栏目奖。

2010年　举办三十周年刊庆，未央、彭见明、罗丹、李少白、汤素兰等著名作家、诗人，以及何炅、汪涵、仇晓等著名主持人为《小溪流》题写贺词。

2013年　荣获第五届中国少儿报刊金奖。

2015年　荣获第三届湖湘优秀出版物。

2016年　在"数字阅读影响力期刊TOP100"海外排行榜中位居第39位。

2018年　荣获湖南省新闻出版广电局颁发的"2016—2017'书香湖南·阅行者'阅读推广活动先进集体"称号。

2018年　入选国家新闻出版署评选的"第九届向全国少年儿童推荐百种优秀报刊"。

家名
语寄

▶ 儿童文学作家张之路为小溪流题词

种下一粒文学的种子，收获一棵幸福的大树。
张之路
2013.5

▶ 儿童文学理论家王泉根为小溪流题词

祝《小溪流》走向儿教学的大海，走向亿万儿童的心灵世界！
王泉根
2013.3.20.

名家寄语

▶ 儿童文学作家刘海栖
写给小溪流的祝福

> 祝《小溪流》
> 越办越好！
>
> 刘海栖
> 2013.3.26
> 长沙

▶ 作家、儿童文学理论家孙建江
为小溪流题词

> 从小溪流
> 到大海
>
> 孙建江
> 2013年3月24日

名家寄语

> 小溪流向大海，
> 文学滋润心田。
>
> 汤锐
> 2013.3.19.

▲ 儿童文学理论家汤锐给《小溪流》题词

> 小溪成流，便汇成大河！
>
> 张燕玲
> 3.21..

▲ 作家、文学评论家张燕玲为《小溪流》题词

名家寄语

▲ 主持人何炅给《小溪流》读者们的祝福

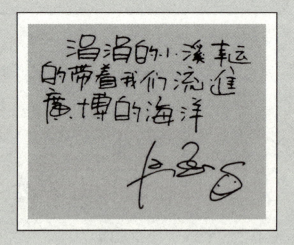

▲ 主持人汪涵给《小溪流》题词

目 录

风　雪/峻　青	001
信不信由你/任溶溶	037
森林里的故事（两首）/高洪波	039
灯笼晚会/聂鑫森	043
白鹤国的国王 / 张秋生	045
渔家孩子/曹　雷	051
大自然，你好/张海迪	053
我失落一颗桃核/盖尚铎	057
一把大雨伞/[马来西亚]年　红	059
妹妹宝贝/[中国台湾]桂文亚	066
虫和鸟/[中国台湾]舒　兰	071
小船及其他/[中国台湾]林　良	072
蛮蛮小传/谭　谈	075

心中升起一片彩云/鲁之洛	086
故　事/李冬春	092
老猎人/徐　鲁	094
梦/[新加坡]南　子	095
开花的心事/钟代华	097
奶　妈/梁瑞郴	099
童年的"雪"/萧　袤	105
何立伟散文小辑/何立伟	109
抓　周/舒　婷	115
大海与小海/原上草	118
童话的来历/圣　野	124
带泪的渴望/谭仲池	127
孔雀之乡短歌/吴　然	132
家月亮，野月亮/高晓声	137
走街串巷/姜贻斌	139
动物散文二题/詹政伟	145
淌过大地的生命河/刘晓平	148
心　祭/廖静仁	152
北拐那个地方/卢年初	157
跳旋转舞的雪花/雪　野	161

把你小小的名字穿在身上/王宜振	162
指缝里的小鱼儿（外一首）/童　子	164
和夏天一起昏睡/周悟拿	166
一个人的火车/潘红亮	169
哆啦A梦和时光机/周博文	173
滴雨的时光/潘云贵	179
奔/杨闻韶	183
娘下地还没回来/仲　彦	185
奶奶的情人/禾　木	193
你有乡村暑假吗？/小　山　萧　萍	203
冬日熬糖香/宫凤华	206
少年不识寒酸味/张寄寒	209

风 雪

峻 青

我的儿童时代,是在苦难与欢乐、黑暗与光明中度过的。现在回想起来,许多事历历在目,印象十分清晰。其中有一件,就是我妹妹的死。

我的妹妹叫风雪。

取这个奇特的名字,是因为在她出生的时候,正是三九寒冬,天上刮着暴风雪。在这迷蒙了山川田野的暴风雪的呼啸声中,野兽都躲在洞里不敢出来,而她,我的妹妹,这个小小的生命,却不合时宜地来到人间。那时候,我才刚刚四岁。后来听我父亲说,当时他很担心:因为屋子破陋,怕她经受不住那刺骨的严寒。他望着那发疯似的猛扑着窗户的风雪,喃喃自语地说:"好大的风雪啊,就叫她风雪吧。风雪是不怕冷的。"

妈妈也喜欢这个名字,她懂得父亲的意思,她也希望这个名字能真正抵御那生活中的风雪严寒,使妹妹健康地长大成人。

可是，人的命运，不是由人们的主观愿望所起的名字而决定的。

风雪，并没能真正抵御住风雪。她在八年之后的又一个暴风雪的黑夜，离开了那个悲惨的人间。

从暴风雪中到来，又从暴风雪中离去。

——这大概是巧合吧。但这暴风雪却一直留在了我的心头，直到现在，回想起来，还是禁不住全身寒冷，战栗不已。

一

这个在严寒中诞生的小生命，长得非常可爱，又聪明，又俊秀，又非常勤劳、懂事。四岁的时候，她就能帮助妈妈干些轻微的家务活。扫地、烧火，样样都抢着干。到五岁的时候，她就跟着我到村边、山上去拾草了。她人小力气小，拿不住爪笆（pá）①，我就把爪笆钩儿削成一根竹针，上面拴上一根麻绳，她就用这长长的竹针，到大青杨树底下去穿那从树上落下来的、又大又厚的杨树叶儿。她弯着腰，一只灵巧的小手，像鸡啄食似的不停地穿，不大一会儿，那条长长的麻绳上，就穿满了杨树叶。她拖着它，像拖着一条金黄色的大毛毛虫似的，走到我

---

① 爪笆，即笆子。搂柴草的工具，有长柄，一端有一排用竹子、铁丝等制成的弯钩。

的草篓子旁边，不声不响地把那一串大杨树叶子搂到草篓子里去，接着又继续去穿。

她是那么勤劳，一刻都不闲着。有时候，我还常常受那从草丛里突然猛跳起来的小兔子或是小野鸡之类的引诱，丢下手里的活儿去追它们，或是爬上树去掏鸟蛋。而她，却总是带着责备的口气规劝说："哥，你又淘气啦。妈妈在家等草做饭哩。"

如果我不听她的劝告，她就会噘着小嘴说："我要回去告诉咱爹，就说你光耍，不好好拾草，看咱爹不打你。"

有一次，她把我叽咕^①火了，我抡起拳头打了她一拳，把她打了个仰歪蹬^②，她哭着直嚷："我非告诉咱爹不可。"

回家后，我怀着忐忑不安的心情，生怕挨打。吃饭时，大气也不敢出。但是，她没有告我状，却望着我笑了，并且躲在妈妈的背后，向我做鬼脸。

我的家里很穷，经常吃不饱穿不暖，挨饿受冻。特别是春天到来的时候，生活更加困难。所以一到那青黄不接的春天，我和风雪还有弟弟们，经常是整天都挎着篓子到山野里去挖野菜、搂树叶。别看她人小，挖起野菜来，两只小手可灵巧着呢。那些喜欢躲在地包的石头旮(gā)旯(lá)旯的苦菜和曲曲菜，

---

① 叽咕，也作唧咕，指小声说话。
② 仰歪蹬：山东话，四脚朝天的意思。

我是怎么也挖不出它来的,顶多也不过搂下几片叶梢儿,可她的小手却能把它们连根拔出来。但是搂树叶儿,她就不中用了,因为她不会爬树,所以,总是我爬到树上去,把长着嫩叶的树枝条折下来,丢到地上,她蹲在树下,赶快把嫩叶儿搂到篓子里去。

春天,风很大,黄尘蔽天,太阳都被那黄尘遮得没有光彩了。在这揭天拔地的大风里,风雪那饥饿的、瘦弱的身体,像一株枯草似的在风中摇曳,使人觉得她随时都可能会倒下来。看着这场景,我真是又心疼又怜惜。可是,她却好像什么都不在乎,不管风有多大,她总是顽强地顶风走着,爬山越岭到处走着,一刻也不停地去寻觅野菜。春天,没饭吃的人多,挖野菜的人也多,因此,野菜是很难寻找的,要到离村庄很远、人迹很少的大山里去才行。但是不管多远,她都不怕。有时候,我不愿跑那么远的路,爬那么大的山,倒是她,反而来劝我,硬拉着我去。如果哪一天,我不听她的劝告,不肯到远处去而挖到的野菜不多时,她就会整天价阴沉着脸不说不笑,像那阴沉沉的天空似的,使人心里难受。这时候,你怎么逗她,也逗不出一句话来,更不用想着她会笑一笑。可是,如果哪一天我们到了很少有人去挖过菜的地方,看到了大批的野菜时,她就会高兴得像个小野兔似的又跳又叫,不断欢乐地喊着:"哥,快来呀,你看这一大片苦菜,快!快!"

不用说,这一次,准是满载而归。

不用说,这一天,从山野到家里,时时都会听到她那银铃般的笑声。甚至,还会听到她高兴时总喜欢唱的儿歌哩:

小巴狗,

你看家,

我到南园去摘红花。

二亩红花没摘了,

听见巴狗在家咬。

巴狗巴狗你咬什么?

媒人媒人来到啦。

啊,多好听的儿歌啊。

直到现在,我的耳畔还清晰地响着她那悦耳动听的歌声,眼前清晰地映现出她那天真活泼、伶俐可爱的身影。

可是,这个可爱的小生命,却早已不在人间了。我永远永远也听不到她这可爱的歌声,永远永远也看不到她那可爱的身影了。

饥饿和寒冷没有摧毁这株倔强的幼芽,而无情的疾病和贫困落后却夺去了这可爱的小小生命!

那是在她八岁的时候,在一个滴水成冰的三九寒冬里,那时,庄稼早已经收割完了,胶东半岛的田野上,到处是赤裸裸光秃秃的,显得非常荒凉寥落。老西北风,整天价呼呼地刮着,像千百万只发了怒的老牛似的,发出一片令人心颤的吼声。在这样寒冷的日子里,富有的人家都躲在自己的家里,把炕烧得热热的,一家人围坐在热炕头上,剥着炒花生聊天。我和我的妹妹风雪却没有这个福分。因为我们没有草烧,必须到山野里去拾柴草来做饭和取暖,否则我们就要挨冻,就吃不上熟饭。

像挖野菜的那股子倔劲儿一样,风雪在拾柴草时,同样是非常泼辣顽强的。不管外面的风怎样大,天怎么冷,她都不怕。每天清早起来,她就把我叫醒,要我和她一起去拾草。我是多么想在被窝里多煨(wēi)一会儿啊,虽然炕早已不热了,但听听外面那老西北风刮老杏树的呜呜的吼叫声,心里就打怵到那三九寒冬的清晨山野里去。可是,不去是不行的,不论我闭着眼睛装睡或是用硬被蒙着头,她都能用她那只冰凉的小手拧着我的耳朵,硬是把我从炕头上拉起来,和她一起冒着清晨的寒风,走到人迹稀少的山野里去。

拾柴草比挖野菜还要艰苦,还要困难。

首先是冷,单薄的衣服怎么也耐不住那从大海里吹来的刺骨的寒风,耳朵和脸冻得像猫抓似的疼痛,手和脚都冻麻了。可是,风雪却挎着个几乎有她身体那么高的大篓子,用她那双冻得发紫的小手，不停地用爪笓搂草。她还常常爬到很陡的山崖上去折枯树枝。有一次，她因为手被冻麻了，抓不牢树枝，从山崖上滚下了坡，幸亏半坡间有一堆蜡树丛把她的身子挡住，才没有坠落到深谷里去。我因此狠狠地训了她一顿，可是，她只是咧着嘴笑一笑，还是照常爬坡。唉，这个小家伙，就是那么倔强，她要做什么，你怎么劝说也不行，软的硬的都不听，真拿她没有办法。只有病，才能强迫她休息。

唉，说起那病，可真叫人心碎哪。

她向来是很少生病的，尽管吃不饱穿不暖，受冻挨饿，可她却像山野间的野菊似的，总是迎着寒风倔强地生长，并且把它那不引人注意的鲜花，盛开在万木凋零的山野上；把它那沁人肺腑的清香，弥漫在众芳寥落的西风里。她的特别白嫩的脸上，总是泛着胶东半岛女孩所特有的红润，像一只熟透的苹果。那模样，就别提有多么可爱了，真像一朵粉红的山菊花。

可是，她终于还是病了。这个很少生病的人，这一病，竟然病得是那么重，以至于在短促的一天一夜的时间里，就永远地离开了人间。这个可怜的孩子。

二

我永远不会忘记,那是怎样一个撕心裂肺的日子啊!那天早晨,我们两个还一起到南坡上去拾草,从家里向山上走去的时候,她还是又说又笑的,半点儿都不像有病的样子。那一天,是一个寒冷的阴天,乌黑色的阴云,低低地罩在山野的上空,像要下雪的样子;尖溜溜的西北风,不停地刮着,实在是够冷的了。风雪还像往常一样一刻也不停地下狠劲地拾草,她有一个习惯:干起活来,总是紧紧地闭着小嘴,一声不响地埋着头干。只有在休息的时候,她才说笑。这一天,她也照常如此。但是在我们快要拾满一篓子柴草的时候,我突然发现:她的脸色显得比平时苍白,连那紧闭着的嘴唇也显得煞白了。我心想:她一定是因为天冷的缘故,就问道:

"你冷吗?"

她摇摇头,继续不声不响地用爪笆搂草。

我又说:"你要是冷,咱们就回家吧。"

她不耐烦地说:"说不冷就不冷嘛,快搂吧。篓子还没满呢。"

我很不高兴,心想:我是可怜你,你倒斥责起我来了。我再也不理她了,只管低着头搂草。她也闷声不响地搂,搂。又搂了一会儿,我忽然听到一阵呻吟的声音,扭回头一看,只见风雪把爪箅丢到一边,两只手捂着肚子,蹲在一棵老杨树下,脸色更加苍白了,额角上有豆大的汗珠冒了出来。我吓了一大跳,赶紧奔到她的面前,问道:

"你怎么啦,风雪?"

"我肚子疼。"她吃力地说,"不要紧,一会儿就会好的。你快去搂吧,天快暗啦。搂满了,咱们就回家。"

我生气地说:"还搂什么?都是你不听我的话,要是早点歇息下来,你也不至于疼成这个样子。我说呀,你是冻着了,肚子着了凉就要疼的。来,我给你生把火,烤一烤就好了。"

这一回,她没有反对。

我把她领到一个刨了树根后的大土坑里,又抱了一大抱刚拾的柴草,点上了火,一阵红红的火焰,直蹿上来。顿时,那火热的篝火,烤得全身暖和和的,舒服极了。风雪那苍白的脸色,在这火焰的映照下,也有了一点儿红润。人也显得有些精神了。

"好些了吧?"我问她道。

她没有回答,眼睛却定定地望着那剥剥燃烧着的柴草,自言自语地说:

"多可惜,这么多的草,白白烧掉了。要不,拿回去,能做一顿饭哩。"

我生气地说:

"又瞎咕哝，人都冻成了那个样子，还舍不得这点儿草。"

她长长地叹了口气说：

"可是拾草有多难哪。"接着，又仰起头来，望着那光秃秃的山野，以一种梦幻般的声调说，"要是漫山遍野，都堆了干草，那该有多好啊。"

瞧，这傻孩子，又在胡思乱想了。真的，在那个时候，我的确是说她是胡思乱想，现在，应该说那是幻想。是的，风雪确是一个富于幻想的孩子，她常常喜欢一个人静静地沉思默想，有时候想着想着就自个儿低低地笑了起来。有一次，我们两个冒着大风去挖野菜，奔跑了大半天，还没挖满一篓子，那一天，全家都因此而没有吃饱饭。晚上躺在炕上，风雪老是瞪着眼睛呆呆地想呀，想呀。我问她：

"风雪，你想什么？"

她笑了，说："我想，要是满山都长满了苦苦菜，长得像麦子那么高、那么密，该多么好啊。"

到了第二天大清早，她就把我叫醒，兴冲冲地告诉我说："哥，我夜来做了个好梦，梦见遍处都长满了苦苦菜。啊呀，那些苦菜呀，又肥又大，连咱家的院子里都长满了，啊呀，可喜欢死人的啦。"说着，她情不自禁地咯咯笑了起来。她笑得那么开心，好像这不是一个梦，而是真的现实。

多么可爱而又多么可怜的孩子啊!

她要求于我们这个大自然的竟然是如此微薄,只要有了苦苦菜吃,有了柴草烧,不再受冻挨饿,就是最大的满足了。

这又是多么纯洁善良的灵魂啊!

火的温暖并没能真正缓解她的病情,她肚子痛得越来越厉害了。开始时,她还咬紧牙关,忍着疼痛,并且叫我不要管她,搂草要紧。后来,实在是支持不住了,她才尖声地喊叫起来:"疼死我啦,疼死啦。"

她喊得是那么惨,那么可怕。头上的汗水像涌泉似的直往外冒,把头发都湿透了,像刚从水里出来似的。两只痉挛的手,用力地抓着那冻得铁硬的泥土。

我吓坏了,顾不得继续搂草,甚至搂好了的一大堆草也不顾不得往篓子里装,就丢下爪笆、篓子,背起风雪,往村子里跑去。

当我气喘吁吁地奔到家里的时候,风雪已经痛昏过去了。她躺在床上,一动不动,脸色蜡黄,像是死了似的。

全家人都吓得慌了手脚,不知如何是好。

那年头,农村里真正有科学知识和临床经验的医生是没有的。

即使很远的小镇上的中药铺有一位半通不通的坐堂先生,穷人们也是请不起的。且不要说他来了后的那几天的吃喝和看病的费用无法负担,就是扎笕(xiǎn)子去搬人,又到哪里去弄两匹大骡子来呢。所以在那种情况下,专开偏方的土医和巫婆,就代替了真正的医生。

很快地,邻村的一位外号叫"明白二大爷"的土医被请来了。他的架子比较小,用不着扎笕子,骑着一只小毛驴就来了。进屋后,也用不着先来上四个大盘的大鱼大肉,而只喝了一壶茶,吃了几个桃酥,就动手看病了。

病倒是看得对头,他不用把脉,只是问了问病情,又望了望病人的气色,摸了摸病人的肚子,就直截了当地说:"后肠痧。"

当时,我还不懂后肠痧是什么,更不知道它的厉害。可是大人们都懂得。他们一听后肠痧这三个字,简直吓坏了,妈妈全身都在发抖,说话嗓音也变了,紧张地问道:"真的是这病吗?"

"没有错,准是。"明白二大爷肯定地点点头说。

"这可怎么好?"妈妈着急地说,"二叔,快救救你孙女吧。"

明白二大爷吧嗒吧嗒地抽着烟说:"尽我的力吧。"

接着就说出了一个偏方:"到正南方向去够一个鸦鹊窝,烧水喝,把痧冲下去就好了。"

"行吗?"妈妈问道。

"百发百中。"明白二大爷用力地把头一点,"痧只有水才冲得下,可是得快,快!一耽误就不中用了!"

妈妈迅速地看了我一眼，我懂得：这掏鸦鹊窝的任务是义不容辞地落到我身上了。这是必然的，家里的人，除去我，还有谁会爬树掏鸟窝呢？于是，不等妈妈吩咐，我就飞也似的冲了出去，直奔村庄正南的树林子里去了。

三

像别的男孩子一样，我从小就喜欢爬树掏鸟窝。如果是在平时遇到这样一类的美差事，我真不知道该怎么高兴哩，可是现在，我却像火烧着屁股似的，急得不行。我的耳朵里老是回响着明白二大爷的那句话："得快，一耽误就不中用了，快！"

我心里想："妹妹的这条命，全在我身上了。我一定要把她救回来。"

于是，我就拼命跑了起来，跑得那个劲头呀，简直比马还要快。我的耳边响着呜呜的风声，身子像腾云驾雾似的，两条腿快得像纺花车一样，几乎擦不着地皮。我一口气跑到了南泊的树林子里面。这是一片杨树林，到了冬天，杨树的叶子全落光了，只剩下光秃秃的枝条，哪里有鸦鹊窝。原来鸦鹊是喜欢在很高很高的树上搭窝的，这个林子里的树，虽然很密，却还不够高。所以就找不到鸦鹊窝。我忽然想起村庄北面的北沟沿上，有一棵很高的大杨树，那上面有个鸦鹊窝。春天，我还到那儿去掏过鸦鹊蛋哩。一想到这里，我就高兴起来了，拔腿就向着南山下面跑去。跑出了林子，老远就望见了那棵老青杨树，并且清楚地望见了那高高地悬挂在光秃秃的树梢上的鸦鹊窝，它是那么大，黑乎乎，圆滚滚的，像一个装满柴草的大篓子挂在树上。

一望见这个鸦鹊窝，我就高兴得不得了，心想妹妹的命有希望了。于是，我跑得更有劲了，简直就像一阵旋风似的，向着那大茔（yíng）盘冲去。

这大茔盘是一片很大的坟地，我们村里姓孙的人家死了人都埋在这里。在那累累的坟丘旁边，长满了高大的松树和柏树，从远处望去，黑乎乎的，真是吓人。这时候，天已经过了中午了，满天是很厚很厚的乌云，看不见太阳在哪里，只觉得乌云沉沉的，像是天快要黑了的样子。老西北风在松树上呼呼地刮着，坟地上响着一片鬼哭狼嚎般的怪叫声，使人感到毛骨悚然。这个地方，平时我们这些小孩子，是不敢一个人来的，都是结伴进来。可是现在，这么冷的天，山野里都很少能看见个人影儿，这茔盘里又哪里会有人来呢。置身于累累荒冢（zhǒng）之间，听着这呜呜风声，望着那空旷寥落的山野，我情不自禁地心里有些害怕起来了。但是一想到我的妹妹，就立刻把牙一咬，大着胆子,向着坟地当中的那棵老青杨树下走去。

这棵老青杨树据说有几百年历史了,树身两个人都合抱不过来,树梢至少也有二三十丈高。我虽然是个爬树的能手,但是这么高的树,尤其是在这么冷的天里,爬起来也是非常吃力的。当我爬到半截的时候,身上就没劲儿了,手脚也冻麻了。我蹲在一个三杈枝上歇了一歇,仰起头来向上望了望,鸦鹊窝看得更清楚了。它就高悬在上面的树杈上,有两只长长的黑尾巴,撅在窝边上。哦,原来鸦鹊也在窝里呀。是的,这么冷的天,鸟儿也要躲在窝里暖和哩。一看见这鸦鹊窝,我全身的劲头又来了,立刻又继续向上面爬去。

树顶上,风更大,树枝在剧烈地摇晃着。我用力地紧抱着树枝,向下面一望,我的天哪,这么高,真叫人心惊胆战。我赶快仰起头来,咬着牙,继续向上爬去,终于爬到了鹊窝下面。

那两只鸦鹊,不知是睡着了呢还是怎的,当我爬到了窝边的时候,它们还是一动不动。这也并不奇怪,它们怎么能想到:这么冷的天,这么大的风,会有人来掏它们的窝呢?一直到我用手抓住了它们当中一只的尾巴时,它们才大吃一惊,呱地叫了一声,飞了出去。它们飞得那么急,以致把几根尾巴翎儿,挣落在我的手里。当时,我并不想要,也没有心思来抓它们,所以对于它们的飞去,并不感到惋惜,而一心一意地只想着揪下这个鸟窝。

这鸟窝全是用枯树枝编起来的,做得很大,也很牢。它结结实实地夹在树杈中间,用力揪了几下,还没有揪得下来,那两只鸦鹊却又气冲冲地飞了回来,呱呱地叫着,在我的头上示威似的直盘旋。显然它们是从突然袭击的惊慌中清醒过来,看出了我是要掀它们的窝,就勇敢地保卫自己的住宅了。它们是那么生气,简直是和我拼命似的,大声地叫着,一次又一次地向我扑来。我心想:也许它们认识我,因为春天我曾经来掏过它们的蛋,那时候,它们也像现在一样生气地勇敢保卫过它们的子女。现在,又是我,来掀它们的窝,无怪它们气成了那副样子。这真是冤家路窄。也许,它们也很奇怪:为什么我老是跟它们过不去,老是扰乱它们的安静,不,应该说是侵犯它们生存的权利。

我的心里有些歉疚了。听着它们那被激怒的痛苦的叫声,我不自禁地同情它们了。是的,这么冷的天,掀掉了它们温暖的窝,叫它们到哪儿过冬呢?岂不是要把它们活活冻死吗?想到这里,我感到非常难过,深深地不安,像做了坏事。于是,我望着它们,喃喃地说:"别吵了,我知道对不起你们。可是,为了我的妹妹,只好请你们多多地包涵了。唉,这叫做没法子。要不,谁在这么大冷天里……"

我的话还没说完，呱的一声，一只鸦鹊怒叫着扑了下来，在我的光头上啄了一下，我感到了一阵刺心般的疼痛，接着，又是一只扑了过来，又狠狠地啄了我一下。

我顿时气得火冒三丈，用手摸着那火辣辣的头皮，怒瞪着眼睛，大声地骂道："坏东西，给你们好脸你们不要，看我非把你们的老窝掀掉不可。"

它们同样对我大声地骂着，吵着，旋风般地向我扑来，那接二连三的痛啄，雨点似的落到我头上。

我不再和鸦鹊吵骂了，也不再感到不安歉疚了，而只管咬着牙，忍着疼痛，一声不响地用力掀鸟窝。这时候，风越来越大了。树梢猛烈地摇晃着，好像老天也站在鸦鹊这边，有意帮助它们，要把我从树上掀下来似的。那鸦鹊得了老天的帮助，更加猖狂了，拼命地向我身上扑。呵，好一场激烈的战斗！但是，不论是那异常猛烈的狂风，还是那发了疯似的鸦鹊，我全都不怕，全不放在心上，我的心里只有一个念头：救我妹妹。为了她，就是死，就是把我的头啄成了烂冬瓜，我也一定要把这鸦鹊窝掀下来！

老天不负有志人。在与鸦鹊和狂风的激烈搏斗中，我终于取得了胜利：鸦鹊窝被掀下来了。当我抱着这鸦鹊窝兴高采烈地奔回家里去的时候，妹妹的病情越发厉害了，全家人都眼巴巴地等待着我的归来。

鸦鹊窝带来了活跃的气氛。

一家人的眼睛，都望着这鸦鹊窝放射出希望的光。

四

百发百中的验方妙药没有能减轻妹妹的病情。鸦鹊窝烧的水灌下去以后，风雪的肚子仍然不断地绞痛，不断地加剧，而且不断地呕吐。她一会儿痛昏过去，一会儿又从昏迷中醒来，那呼痛的惨叫声，像刀尖似的刺痛着全家人的心。

眼看着那明白二大爷的偏方是不灵验的，就只好乞灵于鬼神了。于是，邻村的一位阴阳先生被请来了。

那阴阳先生看了病人，又到屋前屋后转着圈儿查看了一周，然后回到屋里，用黄表纸画了两道符，点着火焚化了，又嘟嘟囔囔地念了一遍咒语，接着煞有介事地对我父亲说："孩子这场病不轻，是冲着了太岁。如今太岁已经被我驱走了，可是这病却还留在身上，而且不是什么普通药方能治得好的，非仙丹神药不中。"

我父亲忧愁地说："这就难了，仙丹神药到哪儿去弄呢。"

"说难也不难，只要心诚就行。"阴阳先生抚摸着花白的长髯慢腾腾地说,"去吧,到山西头村东彼(pí)子沟的那个狐狸大仙的洞里,去挖一把黄泥,回来放在锅里烧水喝下去就好了,那就是神丹妙药。"

哦,原来神丹妙药果真不难弄到,于是,全家人又有了新的希望。当然,这个取仙丹神药的任务,自然又落到了我的身上。这一回,我没有等妈妈看我一眼,就自告奋勇地说:"我去。"

妈妈倒有些不放心了,她为难地皱着眉头说:"你行吗?这么远的路,天又这么晚了。"

"怕什么?我很快就会回来的。"我毅然把头一点,转身奔出了门外,像一个勇敢的英雄。

说真的,我那天的行动,虽说算不上什么英雄,但也够勇敢了。因为彼子沟不像去老茔盘那么容易,那儿离我们村庄有十多里路,而且尽是陌生的山路,我从来没有去过那儿。天又这般时候了,回来准要拉黑。老实说,如果不是为了抢救妹妹的生命,我,一个才十二岁的孩子,无论如何是没有这样的勇气的。但那时,我什么都不想,什么也不怕,心里只有一个念头,救活妹妹!为了这,就是上刀山下火海我也决不犹豫。

我勇敢地奔上去彼子沟的山路了。我刚才说过,那儿是陌生的山路,要翻过几道山梁,一路上尽是大山,路是乱石纵横的羊肠小道,很难走。好在我从小就练出了一副爬山越岭的本领，对走山路是从不打怵的。我像一只山羊似的，在山路上飞快地跑着，不时地惊起草丛里的野兔。有时候，突然一只花花绿绿的长尾巴野鸡，咯咯地叫着，从我的脚边飞了开去，在空中划出一个弧形，又在前面不远的地方落了下来。对于这些平时最能引起我兴趣的东西，我连看也不看一眼，只顾拼命赶路。这时候，天已有大半晌了。空中的云彩也越来越浓了，天空阴得像个水盆儿似的，乌沉沉的，看样子，暴风雪很快就要来了。也许是由于这天气的关系吧，深山里面，简直看不到一个人影儿，只听见山风在松树林里发出一片呼呼的响声，还有那不知什么野兽，发出的低沉而拖长了的嗥叫声，在空旷的山谷里激起了长时间的回音。

　　天色拉灰的时候，我终于赶到了狍子沟。这是一条很深的山谷，两边悬崖陡立，沟底下有一条弯弯曲曲的山涧，顺着这山涧旁边的崎岖山路，可以一直走到狐仙洞边。这地方，我虽然没有来过，但却早已听说过了。因为从前年，有人在这里发现了狐仙洞以后，这狍子沟，就成了远近闻名的香火盛地了。附近村庄的人们，时常拿着香纸供养到这儿来求神问卜、访仙取药，去年春天和今年秋天，还在这狐仙洞外赶过两次山会哩。传说，山会上，还有人看见狐仙显灵到戏台下面看过大戏呢。可惜，因为路远，也因为没有钱，我没有来赶这个山会，自然也就没能亲眼看见过这个狐仙显灵。当时,心里未免有些沮丧。现在,我终于到狐仙洞前了。

这是一个不大的山洞,坐落在山涧南岸的悬崖下面,一蓬蓬脱落了叶子的荆棘和葛藤,披覆在石洞上面。石洞外面,由于赶过山会和常常有人来上香的关系,踩出了一片光光的平地。石洞周围的树枝上,石壁上,到处都拴着一些红布条儿,贴着大大小小的纸片儿,上面写着"有求必应""心诚则灵""法力无边"等字样。洞门外,静悄悄的,没有人迹,只有山风吹着蓑草发出一派飒飒声响,山溪在冰下发出叮叮咚咚的琴音。这寂静,更增加了这儿的神秘气氛,同时也自然地使我有些毛骨悚然了。特别是当我想到人们说过的狐仙曾出来到戏台下面看大戏的情形,就更加害怕了。我简直不敢想象它是个什么样子,更怕它突然从洞里钻出来站在我面前。

我战战兢兢地望着那黑洞洞的石洞,觉得它仿佛就要从这石洞里出来了。又望望石洞外面,看看有没有人来。山沟里还是看不到人,石洞里也没什么动静,只有一缕缕乳白色的香烟,从石洞里面袅袅地飘了出来,一到洞口,就被风吹散了。

哦,洞里有香火,那就是说,这里刚才还有人来过,也许走得不远哩。想到这里,我的胆子就大了起来,又想到我到这儿就是为着求狐狸大仙的,还怕它做什么呢?于是,我大步流

星地走上前去,跪在石洞前面向着洞里恭恭敬敬地叩了三个头,大声地说:

"狐狸大仙,我妹妹病了,我来求求你,行行好,给我仙丹神药,救救我妹妹吧,我给你老人家叩头了。"

我很激动,一面说着,一面热泪簌簌地往下流。我的心,也确实很诚,很诚,我是多么盼望着狐狸大仙真的能把我可怜的妹妹从死亡的边沿上抢救回来呀。这时候,我再也不怕它了,倒真的希望它能从石洞里显出灵来,站在我面前,把仙丹神药递到我手里,并且大声地说:

"好孩子,我答应你,一定把你的妹妹救活。喏,这就是仙丹神药。给,拿回去吧,她吃下去立刻就会好的。"

可是,这只不过是我的幻想罢了。四周依然是静悄悄的,依然是蓑草飒飒,溪水叮咚,香烟袅袅,哪里有什么狐狸大仙的影子啊!

我不能再等待了,就毅然地低着头,弯着身子,钻进洞里。洞里很黑,什么也看不见,只有几星香火,在漆黑的洞中,闪着像豆粒大的红红的光。借着这香火的光,我佝偻着身子,向着山洞的深处走去,越往里走越窄,一股股潮湿的霉味儿,直冲我的鼻子。一直走到前面碰着了石壁,不能再走了的时候,我才停住了脚步,侧着耳朵听了听,什么动静也没有,只听见风在洞口外面呜呜地响。于是,我蹲下身去,在那布满了草屑的潮湿的地上,抓起了一把泥土,用手巾包好,就转身走出了山洞。

我是一个从落地就在泥土里滚大的孩子,也可以说是吃土长大的人。对于那脚踩脚碾的泥土,向来是不看在眼里不放在心上的,可是,对于这包在狐仙洞里抓来的泥土,我却是那样的珍视。人们常常用"金银珠宝"来形容贵重的东西,我没有看见过金银珠宝是什么样子,可是,我觉得,这包泥土,比什么贵重的金银珠宝都要宝贵。因为它不是泥土,是仙丹神药。具体地说,是我可爱的妹妹的生命。

人世间,还有什么比这更宝贵呢?

我把这包泥土,不,应该说是仙丹神药紧紧地揣在胸前,怀着一颗虔诚的充满了希望的心,向着来时的路上走去。

这时候,天已经黑下来了,风也越来越大了,随着不断增强的老西北风,狂乱的雪花从那乌沉沉的天空中飘将下来了。就像从那破棉絮般的阴云里,抖落下无数点碎棉片儿。那空旷深邃(suì)的山谷和四周围突兀高耸的山峰,完全笼罩在这苍茫的暮色和晚来的风雪之中了。

我冒着风雪,在归来的山路上,飞快地奔跑着。黑夜来临时的大山里是可怕的,而大风雪中的黑夜深山尤为可怕。那一排排大树和怪石,像黑幢幢的鬼怪似的耸立在路旁,那越来越浓的夜色,给这了无人迹的空旷山野,更增加恐怖的气氛。但是,此刻我的心中,却忘记了害怕,忘记了寒冷,甚至也没有去想那大雪封山和黑夜迷路的可怕情景。我只是想着我怀里揣着的那一包仙丹神药,想着我那垂危待救的妹妹。风雪,她那可爱的影子,那红润的脸,那水灵灵的大眼睛,那银铃般的笑声和歌声。

这身影,这语声,像一把熊熊燃烧着的火炬,照耀着我前面的山路,使我平添了无限的胆气和力量,在那风雪黑夜的大山里,奋勇地前进,前进,不停地前进。终于在更敲一鼓的时候,我回到了村庄里,这时候暴风雪越来越大了。茫茫山野完全笼罩在蒙蒙的雪幕之中,透过这雪幕,我远远地望见了那从村边人家屋子里射出来的红红的灯光,听见了打更人的梆声,我不禁高兴地大声叫了起来:

"风雪,好妹妹,我回来了!"

五

我回来了。

当全家人都在焦急地等待我的归来时,我,披着两肩白雪,捧着一包黄土兴高采烈地回来了。

我的回来,又一次给全家人带来了新的希望,激起了活跃的气氛。他们全都围着我,用急切而期望的语气争着向我询问:

"仙丹取回来了吗?"

"取回来了,看。"我高兴地回答着,从怀里取出包着黄土的手巾,高高地擎在手上,自豪地看着大家。

"好孩子,真能干!"妈妈高兴地接过黄土包,不绝口地赞扬起我来。弟弟们也都以一种高兴和钦佩的眼光望着我。连那在痛苦煎熬中的妹妹,也用她那双失神的大眼睛看着我,嘴角上咧出了感激的微笑。

我走到她身旁,用手抚摸着她那被汗水浸湿了的头发,灯光下,我看见,她的脸色还是那么苍白,人突然消瘦了好多。亮晶晶的泪珠儿,还残留在她的眼窝里。我不禁一阵心酸,赶紧安慰她说:"风雪,仙丹取回来了,你很快就会好的。"

她从被窝里伸出一只冰凉的小手,轻轻地握了握我的手,用一种微弱得几乎听不清楚的声音说:"把你冻坏了,哥,你还没吃饭哩。"

到这时候,我才想起:我已经两顿没吃饭了。但是,我却半点也不饿。我紧握着妹妹的手说:"我什么也不想吃,你别管我。这会儿痛得轻一些了吧?"

她默默地点了点头,很显然,她已经被折磨得没有力气说话了。她闭上眼睛,休息了一会儿,又睁了开来,看着我,强打着精神问道:"哥,爪笆和篓子还丢在南坡上,不要紧吗?"

"不要紧,"我说,"你想这些干啥呀,别说话了,好好歇歇吧。"

她听话地闭上了眼睛,可是停了一会儿,又睁了开来,问我说:

"哥,你看见狐狸大仙了吗?"

瞧,这个好奇心很强的小家伙,病到了这种地步,还要打听这些。我怎么回答她呢?为了满足她的好奇心,为了给她精神上一点儿安慰,我不得不撒谎了:"看见了。"

"真的?什么样子?"她的脸色,又露出了一丝笑容,像布满阴云的天空中露出了一丝儿阳光。

"真的。"我点着头说,"是个白胡子老头,大高个子,身上穿着紫红缎子八卦衣,手里拿着一把蝇拂子,腰里拴着个牙牙葫芦儿,赤着脚。"我按照着我在年画上常常看到的神仙的样子,编造了一套,但是不知为什么,我把这大仙说成赤着脚。

"他为什么赤着脚?"风雪有些奇怪,"这么冷的天,他不怕冻着吗?"

"不怕,他是神仙呀。"我赶紧掩盖我的破绽,"神仙是不怕冷的。他什么也不怕，什么病也能治。你吃了他的仙丹一定会好的。"

风雪不再问什么，她闭上眼睛，脸上呈现出满足的神色。

仙丹烧好了。妈妈端着一大碗黄泥汤子走了进来。那黄泥汤子上面浮着一些草屑和黄色的毛，这毛很像是狗毛。我想，准是狐狸大仙的毛，于是就更加相信这黄泥确是仙丹，而且一定能治好妹妹的病了。

妈妈当然更加相信，从她脸色极为虔诚的神情就可以看得出来。她双手端着碗，战战兢兢地走到北桌子前面，恭恭敬敬地行了礼，喃喃地说："大仙，谢谢您啦，谢谢您给俺风雪仙丹。您保佑她好了吧，俺一定天天给您老人家烧高香，摆供养。"我也赶紧过去，跟着妈妈恭恭敬敬地行了一个礼。

祷告完毕，妈妈把黄泥汤子端到妹妹的面前说：

"风雪，好孩子，这是狐狸大仙给你的仙丹，喝下去就好了，一定会好的。"

风雪听话地张开嘴，费力地把黄泥汤一口一口地喝了下去。

也许是太吃力了吧，喝完了"仙丹"后，风雪又闭上了眼睛，头无力地歪到一边，像睡着了似的。

全家人都围在她的身旁，用充满了希望而又不安的眼神望着她，一声不响地望着她。这时候，外面的暴风雪更大了，狂风挟着雪花，一阵阵地撒在窗子上，把窗纸打得唰啦唰啦响。风又把破窗纸吹得呜呜直叫，把那盏挂在炕头上的豆油灯的火苗，吹得一跳一跳的，屋里的光也随着一明一暗的。

过一会儿，妹妹又睁开了眼睛，可能是阵痛又要发作了，我看见她的嘴角痉挛了一下，但是，她却没有吭声。她看见全家人都守在她的身边，瞪着大眼睛望着她，就用力地微笑了一下，说："妈，我吃下仙丹以后肚子不痛了，我好了，你们就别围着了，都去睡吧。嗯。"

我看得出来，她是故意在安慰大家。可哪知这话反而使大家更难受了。

妈妈含着眼泪说："好孩子，你说得对，吃了大仙的仙丹一定会好的。那你就闭上眼睛好好睡吧，别管我们。"

风雪听话地点了点头，又望着我说："哥，真的，我好了，你去睡吧。明儿早晨咱俩还到南坡上去搂草，好吗？爪笆和篓子还撇在那儿呢，准叫雪给埋了，要把它扒出来。"

听了这话，我心里又高兴，又难过，连连地点头说："好，咱们一清早就去把爪笆、篓子扒出来，明儿一早就去搂草。好，你快睡吧。"

她默默地闭上眼睛，但不大一会儿，却又突然发出了一声拖长了的尖叫：

"啊——！"

绞痛又开始。

这一次，痛得更加厉害了。她尖声地叫着，像被火烧着了似的翻来覆去打着滚儿，从炕东头滚到炕西头，差一点儿滚到了地下，嘴里上气不接下气地喊着："可痛死我了，痛死我了，妈妈呀，我活不成了，我、我……"喊着喊着，她又痛得昏过去了。

我紧紧地抓住她的手，她的手，冰冷冰冷的。手心湿淋淋的，尽是冷汗。我把她那双冰冷的汗湿的手，握在手里，握得紧紧的，紧紧的，生怕她会从我手里飞出去似的。真的，那时候，我心里确实是怕她飞去，因为我听说，人，都有一个魂儿，如果人要死，那魂儿就离开肉体飞到天上去。我不能让她死，我要紧紧地抓着她，我相信，只要我把她的手用力地抓住，她的魂儿就飞不出去。

这时候，大家也都非常着急。

父亲连连地跺着脚，焦虑地说：

"怎么仙丹吃下去也不顶用？"

"也许还不到时候。"妈妈虔诚地安慰着大家，也安慰着自己。她仍然相信"仙丹"。

又一阵挟着雪花的风，呜呜地怪叫着从破窗洞里吹了进来，豆油灯忽闪忽闪地跳了几下,就熄灭了,屋子里顿时一片漆黑。

我的心怦怦地跳了起来,在黑暗中,我的那双抓着风雪的手,抓得更紧了。我怕她在这黑暗中飞了出去。

父亲擦着火柴,重又点燃了油灯。我赶紧借着灯光,看了看风雪。她仍然在昏迷中,闭着眼睛,张着嘴,从嘴里发出轻微的呼吸声。她的那平时像桃花似的鲜艳美丽的脸颊,在昏暗的灯光下面显得更加苍白了,像一张白纸,那样子,真是吓人。

"风雪!风雪!"父亲大声地叫了起来,也许他感到有些不妙。

"别叫她,她是睡着了,就让她好好地睡吧。这准是仙丹使上劲了。"妈妈说着,又对着北桌子行了个礼,"谢谢大仙保佑。"她还是那么虔诚地相信大仙。人,总是在遇到了苦难而又无可奈何的时候,就越发地相信神灵,并把希望寄托于神灵。

妹妹像是真的睡着了。她一动不动地蜷缩在破棉被里,昏暗的灯光投射在她那像蜡一样干黄的脸上,她的眼睛闭着,鼻翼一张一张的,发出了轻微的鼾声。

一家人全都围在她身边,神色紧张地看着她,连大气也不敢出,像怕惊醒了她的好梦似的。周围异常地寂静,在这极度的寂静之中,外面那暴风雪的声音显得越发响亮了。只听见暴风雪在屋顶上空,在隔邻院子里的那棵老杏树上发了疯似的怪声吼叫,时而咔嚓一声,一根枯树枝被狂风吹断了,坠落到了地上。大把大把的雪花,不时地随着狂风,扑到门上窗上,把门窗打得沙沙直响。鸡窝里的鸡,也被这吓人的暴风雪搅得不安起来了,它们不时地在窝里扑扇着翅膀,发出惊慌的咯咯声。

透过这暴风雪的呼啸声,从村东头的祠堂里,传来了打更人的梆子声:

柝(tuò)!柝!柝!

三更了,已是夜深时分。

经过长时期的极度焦虑紧张之后,在这深沉的夜里,在这沉闷的气氛中,人是容易入睡的。两个弟弟不知在什么时候,身子匍匐在炕角上呼呼地睡着了。姐姐虽然没睡,却老在打呵欠。我呢,两只手虽然仍然抓着妹妹的手,身子却不由自主地歪在炕壁上,只觉得眼皮有千斤重,睁也睁不开。我开始还在告诫自己不要睡,到后来却越来越迷糊,终于在暴风雪的呼啸声中,睡过去了。耳边还依稀听到妈妈的叹息声,唉,这孩子,奔跑了一整天,累坏了,饭也没吃。

这声音越来越远,越来越模糊了。

在沉睡中,我做了一个梦,一个非常好的梦。

我梦见和风雪一起到石硼(péng)湾边上去挖苦苦菜,那是一个非常好的三春天气,天是那么晴朗,天空蓝得像蓝缎子似的,不见一丝儿云花儿。温暖的风,轻轻地吹着,吹在人们的脸上,就像用绸子手巾轻轻地拂着似的,真叫人全身都暖和极了。我和风雪挎着篓子、拿着小铲子在山野上走着,山野间,到处都开满了各种各样的花儿,雪白色的梨花、李子花,粉红色的山菊花,它们都同时开放了,开得漫山遍野,成了一个花花绿绿的世界,好看极了。风雪高兴地在花丛间飞快地跑着跳着,活像一只小蝴蝶。我呢,则爬到了一棵老杏树上面,把那开得满枝满条像棒槌似的杏花,一枝枝地搂了下来,就像搂杨树叶一样。但是,说也奇怪,我搂进篓子里的杏花,却不是杏花,而成了满满一篓子白雪,还有,那篓子也不像个篓子,倒变成了一个鸦鹊窝了。我生气了,飞起一脚把这鸦鹊窝踢出了老远。这时候,我听见风雪用责备的口气说:

"哥,你又惹祸了,这杏花是狐狸大仙的,你怎么好随便糟蹋呢?"

一听到狐狸大仙,我猛然醒悟了似的,忙望着妹妹问道:
"风雪,你的肚子还痛不痛?"

风雪笑嘻嘻地说:

"谁说我肚子痛,你看,这是什么?"

我仔细一看,她的手里拿着一棵蒲公英,它那火红色的长杆上挑着一朵金黄色的花儿,好看极了。

"这是狐狸大仙给我的，"风雪高兴地说着，把那金黄色的蒲公英花朵，在我面前摇晃着，一面摇晃着，一面咯咯地笑着说，"你看，你看，多少苦苦菜啊，漫山遍野都是苦苦菜，瞧，比麦子还高还密。"

果然，我看见，随着她那拿着蒲公英的手的摇晃，一片片绿油油的开着黄色小花的苦苦菜，像魔术似的从地上长了起来，长得又高又密，郁郁葱葱的，满山遍野一眼望不到边儿。我高兴极了，俯下身去，伸开胳膊，揽过了满满一抱苦苦菜，像拔麦子似的用力去拔。可是怎么也拔不动。正在我又气又急的时候，忽然听到有人大声地喊叫。我吃了一惊，抬头一看，是狐狸大仙，一个大高个子白胡子老头儿，手里拿着蝇拂子，身上穿着紫红色八卦衣，赤着脚，大踏步向我走来，他一面走一面向我喊叫着，叫的那声音，非常吓人。我在这种吓人的喊声中醒来，睁眼一看，昏暗的灯光下，父亲和母亲正在风雪的身边大声地喊叫：

"风雪！风雪！"

我吓了一跳，完全清醒过来了，本能地意识到了情况的不妙，低头仔细一看，只见风雪的脸色越发苍白了。她眼睛紧紧地闭着，鼻翼已经不再翕动了，她的一只手，却还紧紧地抓在我的手里，我觉得出，她的手是那么冰冷,简直像一块石头。啊！

她死了!

我的头像挨了一槌似的,轰的一声,眼前金星乱冒。我用力地抓着她的手,拼命地喊叫起来:

"妹妹!妹妹!"

这是我生平第一次称她妹妹,平时我都叫她名字:风雪。可是,任我喊破了喉咙,她都一声不响,再也不会答应了。答应我的,只有那屋子外面的暴风雪的呼啸声。

我简直不敢相信,风雪,我的可爱又可怜的妹妹,她会是真的死了。这怎么可能呢?她的手我还紧紧地抓在手里呀,难道她的灵魂能从我的手里飞出去吗?我真后悔,我不应该睡着,我想,如果我一直不睡,一直用眼睛看着她,那她的灵魂是绝不会从我的手里挣脱出去的。我简直恨死了我自己,恨不得用拳头咚咚地捶着我自己的胸膛。

"风雪,我的好孩子,你别撇下妈妈呀!你别走啊!"妈妈在大声地哭着,像叫魂似的大声哭着,用双手紧紧地抓着风雪那瘦小的身子。

我像发了疯似的站起身来,跳下炕去,奔到门口,打开了屋门。一阵狂风挟着雪片,劈头盖脸地向我扑来,我迎着风雪,抬起头来,仰望着天空。天空中,漆黑一片,看不见一点儿星光,只听见呜呜的风声,在半空发疯了似的大声号叫。院子里屋顶上,已经堆上了一层厚厚的白雪,可是,那像鹅毛似的大片大片的雪花,还在像刮翻了棉花垛似的,随着狂风,纷纷扬扬地从空中飘下来,在屋顶上院子里打着旋儿,向着门上窗上直扑乱飞。

暴风雪越来越大了。

那声势,仿佛是要将整个世界都吞没了。

我仿佛觉得,我那可怜的妹妹风雪,她就像一片枯叶似的,被这暴风雪卷走了。是的,她的魂儿,一定是被这暴风雪卷走的。于是,我站在门口,仰望着搅风扬雪的茫茫夜空,大声地叫起来。

"风雪——!风雪——!"

"风雪——!"

"……"

没有回答,只有那牛吼般的风声,沙沙乱飞的雪声。

那银铃般的可爱的声音,再也不能回答我的呼唤了。这个可怜的孩子,她真的死了,真的永远再也不会回来了。

风雪,伴随着她的这个奇特的名字,在风雪中来到人间,又在风雪中离开了尘世。

风雪,也从此永远刻在了我的记忆里,不管什么时候,即使在三伏炎夏里,每当我一想起那可爱的身影时,心里就立刻涌上了寒流,打起了冷战。

我常常对我的孩子们讲起这个悲惨的故事。因而，那风雪的寒流，也在袭击着我的孩子们的纯洁的、善良的心。他们多次和我一起含着眼泪悲叹他们的二姑的不幸的死，又一起怀着激动的心情，庆幸着他们自己的幸运，珍惜现在我们的社会主义社会。

是的，生活在今天的人是有福了。

人类科学的飞跃发展，社会主义制度的无比优越，再也不必担心阑尾炎会夺去可爱的孩子的宝贵生命了。

如果我那可怜的妹妹，她能够在今天降生的话……

啊，风雪！

信不信由你

任溶溶

我这个人从不吹牛,
你去问谁都行。
可我有件古怪事情,
讲给大家听听。
我给爸爸打去电话,
是在五月一日,
可我爸爸听到我说,
是在四月三十。
我在星期二的上午,
给我爸爸电报,
可我爸爸在星期一
下午已经收到。
话说出口就能听见。

你说多么新鲜!
电报没发出已经收到,
你说妙也不妙?
原来地球绕着太阳,
在不停地旋转,
各地天亮有先有后,
就有不同时间。
我的爸爸访问美国,
正在地球背面,
北京、纽约两地时间,
差十三个钟头。
这里是星期二中午,
太阳照得正亮,
那里是星期一半夜,
满天闪闪的星光。

森林里的故事(两首)

高洪波

指蜜鸟和大狗熊

发现了一窝蜜蜂,
指蜜鸟一团高兴,
他要找一个同伙,
干一次抢劫行动。
他先找到小鹿,
小鹿正辛勤耕种,
听说了指蜜鸟的阴谋,
直骂他是"害人精"。
指蜜鸟找到白兔,
他正给萝卜挖坑,
任凭口沫横飞,

小白兔根本不听。
指蜜鸟气得直叫，
晃过来一头狗熊，
听说有香甜的蜂蜜，
狗熊乐得直蹦。
他先撑个倒立，
又把小调哼哼。
踏着快乐的节拍，
狗熊向蜂窝进攻。
看他吃得痛快，
指蜜鸟赶快声明——
要分给自己一半，
才算公平合理。
狗熊打个饱嗝，
吞下最后一块蜜饼子：
你的那一份嘛，
留着下次再领。
强盗与小偷之间，
这是常有的事情。
既然你出卖别人，

何必侈谈道德与公正？！

小海狸伐木

森林里谁在忙碌？
我们的小海狸鼠。
踏碎露珠，穿过晨雾，
他开始一天的伐木。
小海狸呀，小木匠，
你在为谁伐木？
河边的水獭大婶，
要修补漏雨的窗户；
坡上的山羊大妈，
要修建一座仓库；
小熊猫们，需要滑梯，
伐一棵挺直的松树；
水牛爷爷，要盖新屋，
砍一棵结实的椴树。
伐木哟，伐木，
请问你怎么运输？

让山坡陡峭的脊背,
背走我的大树;
请河水宽宽的肩膀,
扛走我的大树。
伐木啊,伐木,
劳动多幸福!

灯笼晚会

聂鑫森

我们提着小巧的灯笼,
穿行在夜的小院,
远望,像闪光的星星。
有的是一支绿色的葱管,
有的是一个纸做的黄莺……
里面燃烧的
是一只只萤火虫。
我们在童话的世界里,
寻找花和草丢落的梦,
一颗颗露珠,
睁着天真的眼睛。
然后,让这一点朦胧的光,
带着我们朦胧的幻觉,

飞哟,飞向深邃的夜空——
我们是会笑的星!
我们是会唱歌的星!
假如,爸爸妈妈朝天上望去,
一定会大吃一惊,
我们投下一束一束的光,
在小院里流动……
我们提着小巧的灯笼,
踏着柔和的光铺成的路,
缓缓地走入梦境……

白鹤国的国王

张秋生

一

你们都听过这个童话——
从前,池塘里有一只青蛙,
它结识了一对新朋友,
那是远方飞来的野鸭。

为了满足青蛙的好奇心,
野鸭决定带着青蛙去旅行,
它们口里衔根细长的芦苇,
让青蛙把苇秆咬得紧紧。

这个新奇的旅行队,

飞上了白云飘浮的蓝天。
青蛙望着彩霞、红日和飞鸟,
自然有说不出的喜欢。

有只白鹤飞过它们身边,
伸长脖子,大声赞夸,
"啊,哪个聪明的脑袋,
想出了这个绝妙的办法!"

听了白鹤的赞美,
青蛙乐得浑身陶醉。
"哼,能想出这个主意,
除了我,还有谁!"

青蛙刚一张嘴,
身子直往下坠。
野鸭望着这只好吹牛的青蛙,
心想,它一定会摔个粉碎……

二

故事到这里并没有结束,
大家不用为青蛙紧张,
它在空中翻了三百六十个筋斗,
掉进了山下的一个池塘。

池塘里钻出好多个青蛙,
它们都受了点惊吓,
看见天上掉下的是自己的伙伴,
不由感到万分惊讶。

青蛙没有因此丧命,
它感到意外地高兴,
探出头来看看四周,

它拍拍肚子,得意忘形:

"打扰你们了,伙伴们,
我去漫游了一下蓝天,
我在那儿待了几个月,
生活倒也十分新鲜……"

伙伴们不怎相信:
"你怎么能到天上飞行?"
"嘿,可怜的傻瓜们,
让我来讲给你们听听。

"天上有个白鹤王国,
它们要选我去当国王,
这些嘴巴长长的家伙,
送给我一对雪白的翅膀。

"我在天上,渴了喝点雨水,
饿了扯块白云尝尝,
累了,我就打个哈欠,

白鹤展开翅膀给我当床……"

三

青蛙吹得唾沫四溅，
没看见白鹤正站在它的旁边，
白鹤用尖嘴敲敲它的脑袋，
青蛙这才吓得浑身发软：

"啊，刚才我说了些什么？
白鹤先生，请您原谅……"
"青蛙陛下，我第一次知道，
你还是我们的国王。"

"你很有吹牛的天才，
我送你到吹牛国去当国王！"
白鹤叼起这只青蛙，
展翅飞到了蓝天上。

青蛙从云端里摔下，

这次，命运没能给它帮忙，

它翻了三百六十个筋斗，

僵直地躺在山边的石块上……

渔家孩子

曹 雷

稳稳地伫立船头,阳光用金色的线条勾出一尊雕像,透过水一样明澈的眼睛,能望见那一颗心啊。

他的心,长有一对水鸟的翅膀,洁白洁白的,能搏击风浪,能闯滩渡江,常年在青山碧水间飞翔,能飞得很远很远。渔网,挥动胳膊用力地一撒,在空中划出一道优美的弧线,网,罩住了整整一条江——

熹(xī)微中,捞起一轮鲜红的太阳挂在山尖,捞起一片斑斓的彩霞晾在天边。

夜色里,捞起一个圆圆

的月亮在天中旋转，捞起一河星光在满天闪烁。

他爱江河，江河也爱他，那满舱满舱的鱼虾，是江河送他的礼物，那团映亮江水的渔火，是他捧给江河的一颗燃烧的心。

从小风里来，雨里去，早早就学会了辨识哪是暗礁，哪是漩涡，哪是回水，哪是潜流……

一个勤劳、勇敢的孩子，一个纯朴、可爱的渔家后代。

大自然,你好

张海迪

小鸥弟弟:

当我写信给你的时候,我同院的小朋友佳洛特正逗着他那只可爱的小黄狗满院跑。他跟小黄狗玩儿的那股高兴劲儿,可有意思呢。我想假如我像他这么大的时候,有一双能跑能跳的腿,说不定比他玩儿得还带劲儿。可是,我不能老看佳洛特和小狗玩儿,因为我正在给你写信呢。

你来信说,已经放暑假了,你在乡村的舅舅约你到他家去玩儿,那里有蓝色的大海和连绵的群山。哦,到大海里游泳,在沙滩上做游戏,到山上藏猫儿,多么有趣呀!可是你的爸爸妈妈给你下了命令,整个暑假除了要你完成老师布置的作业外,还要"额外加班",不许你出去玩儿,说到乡下去玩儿会荒废功课,学不到知识。你为这事生了气,整天噘着嘴。你多想到舅舅家去玩儿啊!

小鸥，说实在的，我很同情你，快乐的暑假关在屋子里该有多难受哇！更何况大自然对孩子们是那样有吸引力呢！我小的时候就非常热爱大自然，但那个时候我因病只能躺在床上。在那个小小的天地里，玻璃窗是我观察大自然的地方。晚上，我望着满天的星斗，脑子里堆满了问号：天上总共有多少颗星星呢？为什么星星不会掉下来？偶尔看见一颗流星划过夜空，我就会给它编个故事。这个充满幻想的故事，会使我快乐好几天。冬天的早晨，我睁眼醒来，发现窗子玻璃上结满了冰，那是大自然"种下"的冰花，那冰花形成的图案像一片茫茫的森林。那时，我想，白雪公主也许会从那棵最大的树后走出来跟我玩儿吧？我热爱生活，热爱美丽的大自然。如果说，我能战胜疾病，生活到今天，除了书籍给我力量，我还要感谢大自然给了我那么多奇妙的幻想，使我得到了生活的希望和乐趣！

　　小鸥弟弟，你知道印度诗人泰戈尔吗？他把大自然当做自己的老师。他说，自然界就是他亲爱的伙伴，她的手里藏着许多东西，要他去猜。因为他对自然界了解很深，而且从小就深深地爱着她，所以，他对大自然手里的东西总是一猜就中。最后，大自然教泰戈尔成为一位伟大的诗人，全世界的人都爱读他的诗。大自然使人变得开朗，变得聪明，变得心灵美好。

　　小鸥，如果你到海边去，请你告诉我，你跟渔村的小伙伴们到沙滩去捡那些漂亮的"小螺号"和小贝壳的时候,你会想什么?你知道大海是怎样把这些五光十色的礼物送给你的吗?如果你到山上去,请你告诉我,当你站在高山上大声唱歌的时候,你会想什么?你知道是谁在山谷里一遍遍欢快地学你唱歌吗?

当你与小伙伴在林中捉迷藏的时候,也许会惊起一群美丽的小鸟,它们叽叽喳喳地叫着飞走了。你知道小鸟为什么有美丽的羽毛,为什么会飞,为什么会唱那么动听的歌吗?还有,你知道为什么蜜蜂会酿蜜,为什么下雨之前蚂蚁要搬家吗?啊!大自然真是无奇不有。只要你细心观察,它就会给你讲许多有趣的故事。

小鸥,我真希望你能到大自然中去,可是你的爸爸妈妈却不让你去。当然,他们要你好好读书这一点是对的,可是知识也不全在书本里呀!大自然里有学不完的知识呢!到大自然中去可以开阔视野,陶冶情操,强健身体。我们一起想个办法,让爸爸妈妈放你去,好吗?我看你就给爸爸妈妈出几道自然知识题吧,要是他们答不出来,就让他们放你到舅舅家去,你看怎么样?当然,你千万不要说是海迪姐姐给你出的主意,想办法还要靠你自己。我相信你一定有办法争取去成。不过到了乡下,你还是别忘记按期完成老师布置的作业才行呢!

啊,我的小朋友佳洛特哭着来找我了,小黄狗也跟在他屁股后面跑来了。说不定佳洛特是来向我告状的,我得问问是不是小黄狗跟他闹别扭了。

好,就写到这里。别忘了,你到了大海边,到了高山上,到了田野里,一定代我说一声:大自然,你好!

祝你在舅舅家过得快乐!

你的
最忠实的姐姐海迪
7月10日

我失落一颗桃核

盖尚铎

吃完水蜜桃,
我留下一颗桃核——
一篇带花纹的童话,
一首甜蜜蜜的儿歌。
我知道在桃的天国,
有一个美丽的传说:
这滚圆的躯壳里,
住着水蜜桃的外婆……

不慎,桃核弄丢了,
泪水噙在我的眼窝,
永别了,漂亮的红宝石,
永别了,亲爱的桃外婆。

春天里我找到了它,
那是在小院的角落,
一株胖嫩的幼芽,
淌着绿色的光泽。
哦,我明白了,
拿在手里,桃核永远是桃核,
只有交给土地妈妈,
它才会发芽、开花、结果……

一把大雨伞

[马来西亚] 年 红

一

我最讨厌下雨，这几天，天一亮就偏偏下起雨来。老师说，现在吹的是西南季候风，我们住在西海岸，雨水一定多。他这么一说，使我连西南季候风也讨厌起来。

我背上书包，跨出门槛，爸爸便追了上来。我装着不知道他在我后头，连忙加快脚步，冲向对街的走廊。

没想到，他还是赶了上来，一把拉着我的手："下雨天，能不撑伞吗？"

我赌气地说："雨不大，撑什么伞？"

他又像生气又像哀伤地把手中那把大雨伞推过来："衣服湿了，要生病的，你不知道吗？"

我不回答他，只一把将雨伞接过来。

他严肃地说:"还不打开伞?"没奈何,我只好把伞打开。于是,我看见爸爸面露笑容地走了回去。

随后,我把雨伞合上,冒着雨匆匆来到学校。

教室里,像是展卖会一样,摆着各式各样的雨伞。同学们围着谈论,个个像是评判员模样,在比较雨伞的优劣。

我的大雨伞因没被淋湿,不必摆着等风吹干。我快手快脚地闪进教室,一把将雨伞塞进课桌的抽屉里。

可是没用呀,顽皮鬼郑健民一个箭步,冲到我身边,一抢,便把我的雨伞给抢了过去,"瞧呀!最漂亮的雨伞要出现啦!"他高声喊着,一边跳来跳去,一边高举我的雨伞,"让大家给这把最新式雨伞一个热烈的掌声,好吗?"

班上几个坏家伙立刻鼓起掌来。

班长李小花走过来,对郑健民说:"你这样做是什么意思?"

郑健民哈哈大笑,反问她:"什么意思?那我问你,你无端端地偏袒他,又是什么意思?"

班上的笑声更大了!

李小花气得眼睛都红了,抖着嗓子说:"我报告班主任去!"

郑健民抓住她的手,装个鬼脸:"报告什么了哦,班上有喜事啦,是吗?李小姐!"

我实在忍不住,冲上前,一拳打了过去,正好打在郑健民的肩膀上。他退了两步,坐倒了。他挣扎着站起来,却哭出声:"等一下,看校长怎么对付你!"

二

校长写了一张字条,对我说:"记着交给你爸爸,并且请他签回条给我。现在,我不处罚你,但是,如果你不让爸爸知道你在学校打人的事儿,那么,我可就不能原谅你了!"

我低着头，接过那字条。

校长摇摇头，叹了口气，说："学生和流氓的差别，就在讲理和不讲理，你并不是个坏学生，却学起流氓行为，随便动手打人，太不应该了！"

我还是低着头，不敢正视校长的眼睛。

"你说郑健民坏，捉弄你；你可就更坏了，不是吗？"校长顿了一顿，忽然把话头一转，说，"把你的雨伞拿过来，让我看看。"

我把雨伞放在校长桌上。

他把那又大又黑的布伞撑开，看了一阵，不停地点着头："好伞！真是一把好伞！"

我原已在发红的脸，这下子更热了。

"现在，很难看到这么好的油布伞了！真难得呀……"

校长这么说，我真是丈二金刚摸不着头脑。心想：现在正流行"一把小雨伞"，像这么一把大怪伞，有什么令人赞叹的？

校长把伞合上，交还给我："你爸爸太疼爱你了，像这么好的一把油布伞，起码也收了二三十年，现在让你用，真难得！"

三

爸爸读了校长的字条,闷了很久,才说:"你打人?"

我点点头。

"我太失望了!"他说,"你认错了吗?向郑同学道歉了吗?"

我摇摇头。

他在回条上签了名,并歪歪斜斜地加了一行字:"请校长处罚。"

我的眼泪终于掉了下来。

"雨伞的用途是遮雨。你祖父的那把大雨伞又结实又宽阔,遮雨时,从头到脚都不会湿的。你想,有多好用呀!"爸爸有点儿哀伤地说,"他从中国南边来,就带着这么一把伞,死后留给我,要我好好珍惜它。我看你每次雨天回来,全身都湿透了,心疼得很,才把这大雨伞拿出来给你用。没想到,你竟为这伞闹事儿!"

听爸爸这么说,我才记起校长的话。校长的确好眼光!他看出伞的价值,也看透了爸爸的用心!

"漂亮的小伞有什么好?虽华丽,却不实用!做人,应该做大伞还是小伞?"爸爸叹息着,继续说下去,"你讨厌雨天,因为你没有五颜六色的小雨伞好向同学夸耀;你没有旅游日本和泰国的爸爸,为你带回一把迷人的东洋伞或是清迈伞,你带了这把又大又黑的油布伞,觉得丢尽了脸,见不得人。于是,你被人捉弄时,吃不消了,便动手打人……"

"爸爸,请你别再说下去,好吗?"我哽咽着。他说得对,每句话都像针一样,穿过我的心!

"现在的年轻人,都注重外表华丽,不求实际,就像小雨伞! 没想到,我的儿子,也是一个样儿!"

四

还是雨天,不同的是,今天早晨的雨下得特别大,我背着书包,撑着大雨伞,在雨中行走,这场大雨,丝毫也湿不了我的衣服。

走进教室,我把大雨伞摆在小雨伞堆中,这才看出它的突出——结实而宽阔。

奇怪的是班上同学,包括郑健民那伙人,都没对大伞发出讥笑声。其中几个撑着东洋小伞的女同学,衣裙都淋湿了,有一两个还不停地打喷嚏!

校长走过教室,我连忙把爸爸的回条交上。校长看了看,又望望伞堆中的大黑伞,然后点点头,对我说:"你该向郑健民同学道歉！"

我向校长鞠了个躬，说："校长，我会的。"

校长脸上泛起了笑容，轻轻地拍了一下我的肩膀说："很好！做伞嘛，就要像你父亲给你的那把大雨伞；做人嘛，就得做脚踏实地、真正有用的人。"

妹妹宝贝

[中国台湾] 桂文亚

妹妹和我相差一岁,虽也仅仅只是这"一"点之差,个性、脾气、外貌却各有风格。就是名字给人一点联想,妹妹叫"文飞",也许姓氏特殊,所以不管到哪儿,总有人好奇:"这桂文亚是你哥哥还是弟弟?"当然她不忘纠正我是她的姊妹。这也难怪,从幼稚园到小学、到中学、到念专科学校,她全都跟着我走,老师、同学自然问起我是她的谁。而这三十多年来,我这个摆脱不掉的影子,也让她有"忘了我是谁"之叹。

妹妹习惯连名带姓地喊我,如果她哪天甜甜蜜蜜,扯着我的衣袖,亲亲热热地娇唤一声:"姊!"包管我唰一下挂上扑克脸:"干吗?想借钱?"如果说不是呢,那八成:"怎么?又看上本人哪一件新买的衣服?"

自己的妹妹,有什么办法?我这个做姊的,只好叫她满意。

因为家里只有我们两姊妹,从小到大,妹妹有的,我不会缺,我有的,她也绝少不了。非得来个平分秋色不可。

就拿衣着来说,至少妹妹没有捡过我一件旧衣、半双旧鞋。而爸爸妈妈为了公平起见,更是任何东西都尽可能一人一份,连蛋糕也切得恰好一半,葡萄,也算得不多一颗不少一颗。

即使这样公平了,我们还有得争。

小学五六年级吧,爸爸到外地出差,带回两条流行的原子裤。我记得很清楚,一条是火红的,一条是宝蓝的。妹妹长得秀巧,雪白的皮肤,杏子眼,樱桃嘴,妈妈说红白相衬十分好看,就分派红裤她穿,我一向喜欢素色,可说正中下怀。没想到,妹妹硬是不要红裤,非抢蓝裤不可,吵了半天,最后只好决定轮流换穿。

火红的长裤,走在街上吓死人了,我是宁死不穿的!这下可好,每回到城里玩,还没出门呢,我们就已经为了一条裤子而大打出手了,不用说,爸被我们气得两眼发直,铁青了脸,而这一出门,任谁都鼓着一包气,直到回家,心里还嘀咕个没完呢。

羞死人啰!女生还动粗!

说真的,我和妹妹,从小打到大,动口动手样样来。

小时候,妹妹不但比我高出半个头,一双长腿跑得比我还快,所以开始的时候,我不但不是敌手,还经常三十六计——

走为上策。

妹妹的脾气我是领教过的，暴躁易怒，一触即发。我这个矮脚姊姊，既然斗力不过，只好斗智，那就是：我打她一拳，她回我一拳的时候，我便忍住怒火和疼痛，一边拍手大笑，一边围着她绕圈圈："来呀！来呀！怎么样？"装出一副玩耍的模样。

吓！这一来可把她气死了，她边骂边追，我边逃边叫。没想到，这倒练出了我的独门武功——飞毛腿。后来还代表班上参加六十米田径校运会哩。

又追又打的结果，是妹妹终于被气哭了，这下有好戏可看，谁都知道，她是歌仔戏哭旦，一哭起来，警报器都会自动故障。她一向是黛玉型的娇弱，坐在小板凳上呜呜咽咽，声如断续的秋风，如流水飘着落花，妈妈的脚步近了，风声就急切些，妈妈的脚步远了，就暂时"广告时间"。

"做姊姊的怎么欺负妹妹？"

妈妈拿出戒尺，我立刻乖乖地伸出手，妹妹可连戒尺都没碰到，就已经狂风大作、哀呼连连啦，然后就绝食抗议，不吃不喝，到头来，还得妈妈捧着碗喂饭。

不过，说实在的，我这个姊姊也没多搭理她，小时候，我不愿跟她玩，没趣嘛！下棋下不过我就生气；跳橡皮筋又根本轮不到我；谈天嘛，说不了两句就吵嘴；唱歌嘛，她的确有天赋，妈妈的一本厚厚流行歌本翻得滚瓜烂熟，也没谁教就会弹琴跳舞，我呢？五音不全，五线谱怎么也学不会。

妹妹还有一双能干的巧手，她喜欢织这个钩那个的。妈妈的旧毛衣，给她偷偷拆下来重织，妈妈的旗袍裙，也让她拆拆剪剪，万一还原不了的时候，就一把塞进哪个壁橱角落藏起来。

我是完全的粗手粗脚，要我坐着绣花，不如骑马打仗。记得上家事课时，老师教我们用紫色透明塑料管穿线织一个挂包，我穿到后来，变成一个可怕的梯形！这就如同我二十岁那年用开丝米尼龙线钩一条围巾，直到十年后的今天，那条围巾还是一个未完成的怪异梯形，端端正正地收在一个纸盒子里呢。

妹妹和我个性上的不同，是她的"慢吞吞"，做什么都是慢条斯理，急不死人的。

记得小时候，我最喜欢抢她的东西吃。有一次，晚餐后，妈妈分给每人十颗荔枝,我一向是先拣肥的、大的吃,吃完大的再吃小的。妹妹正好相反,总是把大的留到最后。

偏偏我吃荔枝速度很快,三下两下,解决了十颗荔枝,就瞪着圆眼睛看着妈妈和妹妹,一副意犹未尽的馋相,妈妈看不过去,又分了几颗给我,不消半分钟,我又吃完了。

"给我一颗好不好?"等妈妈走开,我就猛吞口水偷偷向妹妹讨。

"不,你已经多吃好几颗了。"妹妹把肥甜透明的荔枝肉一口放进嘴里,摇头拒绝。

"好不好啦,拜托!一颗就好!"我厚着脸皮涎起脸,完全不顾为姊的尊严。

"喏!"不情不愿,妹妹滚一颗荔枝到我面前。

吃完了,我忍不住又伸出手。一二三四五……妹妹一颗一颗地数,数完了,便双手把荔枝掩起来。

"小气鬼,上次我还不是把运道糖纸分给你两张,好不好啦?再一颗!"我又施展出又哄又骗的口才说服她……直到妹妹狠不下心地再分一颗荔枝给我。

这些,都是许多年前的事了,可是不知道为什么,每回想起远渡重洋、定居海外的妹妹,我总是情不自禁地想起她和我抢红裤子穿、坐在小板凳上唱歌仔戏、分食水果的情景来……

虫和鸟

【中国台湾】舒 兰

我把妈妈洗好的袜子,

一只一只夹在绳子上,

绳子就变成多足虫,

在阳光中爬来爬去。

我把姐姐洗好的手帕,

一条一条晾在竹竿上,

竹竿就变成一群白鹭鸶,

在微风中飞舞,飞舞。

小船及其他

[中国台湾]林 良

荷塘里,
划小船。
慢慢划,
细细看:
哪一张荷叶上面
有青蛙?
哪一张荷叶下面
有小虾?

蜗牛

我走路,

不算慢,

请拿尺来量量看,

短短的一小时,

我已经走了

五寸半!

兔子和红萝卜

兔子爱吃红萝卜,

红萝卜不错。

日子好过的时候,

昨天一个,

今天一个。

要是没有红萝卜,

昨天难过,

今天难过。

学学大白鹅

你抬头挺胸,
精神饱满,
样子很好看。
我想跟你学,
老是学不会。
起头还记得住,
慢慢地又变成
弯腰驼背。

蛮蛮小传

谭 谈

你有外号吗?

小时候,我有。

我那个外号,还是学校里最最反对给别人取外号的、蛮漂亮蛮漂亮的女老师颜小小给我取的呢!

那一年,秋风扫了落叶,冬天来了,一连几次大霜,山上柞(zuò)子树上的柞子熟透。这小果子酸甜酸甜的,一想起嘴里就来口水。学校后面,有一口池塘。塘墈(kàn)上长着一棵古老的柞子树。那满满的一树柞子,早已被同学们采光了。唯有伸向塘中间的一杈树枝,下部枯死多半了,而枝尖尖上,却鲜活活地长出一枝,满满地挂着果子。也许是那里最当阳,它得到的阳光最多吧,那小果果油亮油亮的,你举头看一眼,口内顿生津液。可是,它生在那杈枯枝上,谁也不敢上。

我噌噌地爬上去了。

同学们纷纷聚集到树下,来观看我这冒险的表演。

一切顺利。那一枝挂满果子的树枝,终于被我攀在手里了。我一狠心,一用劲,树枝就弯了。当它正要被我折断的时候,托着我的那碗口粗的、枯死了一多半的大树杈,嚓的一声断了。我和那树杈,一齐掉到了塘中间。

聚集在树下的同学们全慌了。

颜老师衣服也没脱,嘣地跳到塘中,把我抱了上来。

"伤着了没有?"

"没、没、没有。"

"你呀,你这个小蛮蛮!"颜老师又怨又爱地说。

"蛮蛮!小蛮蛮!"

惊呆了的同学中,不知谁先叫了一声,接着,大伙儿跟着呼喊起来,我这个外号,就这样叫开了。

习水

蛮蛮也有胆怯的时候。

不信?

莫急,你听我慢慢道来。

六月,天气真热。连狗都蹲在树荫下,吐出舌头,在大口大口地喘气呢。

学校里放了学。

我背着书包往家走去。学校离家有十一二里路,中间还要翻两座山。毒辣辣的太阳虽然西斜了,但那早已被烤焦了的地面上,仍然冒着腾腾热气,脚板踩上去,烫得痛。我翻过一座山后,来到了一口山塘边,塘水很清,岸边长满了钉子树等灌木丛,有道是:冷天火亲,热天水亲。看到这塘清清的水,我的双腿迈不动了。多么想跳下水去,痛痛快快地在水里浸一浸呀!然而,老师一再交代,学校里有规定,不准在放学路上到池塘、江河里玩水,况且自己还不会游泳。我迟疑了一下,但终究抵不住那清幽幽水的诱惑,前后看看,山路两头没有人走来,就飞快地把衣服脱掉了。

我脱了个精光,揪住岸边上的一丛钉子树,把身子泡到水里了。这塘挟在两座大山之间,早晚阳光照不到,塘水清凉清凉,身子泡在水里,舒服极了。但这塘岸壁陡壁陡,我几次试图立脚,都立不住,我只得紧紧地揪住岸边的灌木丛,飞动双脚,拼命地踢着水,水花扬起好高好高。在晚霞里,像一串串金子扬起,再落下。

我忘情地玩着水,时而将身子全泡在水里,只留出一个脑袋,时而发疯地抖动着水,搅得水花四溅。玩够以后,爬上岸来,心里仍然很兴奋,用手抓起衣裤抖了抖,不料,一阵风吹过,那条短裤子从我手里滑出去了,随风飘到了塘中间。

我愣住了。

很快,我从发呆中反应过来了,应该马上找一根长竹竿把水中的短裤挑上来。然而,一时到哪里去找长竹竿呢?我几次发蛮气，想跳下水，把裤子捞上来，可是，我不会游水，是一个秤砣啊。这里，可没有会游泳的颜老师啊。

我这个平日里敢冒险的小蛮蛮，这时候胆怯了。真的，胆怯了。也许是我又长大了一岁，是小学六年级的学生了吧。

眼看着，我这条短裤子，慢慢地沉下水去。

突然，我看到山路上走来一个人，红红绿绿的一团，像是一个女的。我身上唯一的一条短裤沉下水去了，我往哪里躲呀。这时，我是一个十二三岁的小大人了，懂得害羞了。眼看红红绿绿的那一团越来越近了，慌乱中，我光着屁股钻进了塘岸边的一个刺蓬里，屁股上被刺挂破了几处，也不敢喊出哎哟声来。

直到太阳落山，天色挨黑，我才从刺蓬里钻出来。用那件衬衣围着屁股，慌慌张张地跑回家去。回到家里，妈妈不在屋。我赶紧到晾衣杆上取下我另一条短裤，匆匆穿上。一会儿，妈妈回来了，问："今天怎么这么晚才放学？"

"学校搞大扫除。"

"洗澡了没有？"

"还没呢。"

妈妈赶紧到晾衣杆为我取衣服，自然没有见到我的短裤，她转过身来问："你那条短裤，怎么不见了？"

"不晓得，是不是别人拿走了？"

我在妈妈面前一连说了三个谎,脸上热热的。

不久,我终于学会游泳了。

失学

蛮蛮我也有流泪的时候。

转眼,我上初中了。读完初中,就上高中,升大学,那该有多美呀。我心里真高兴。

偏偏这时候,新中国历史上的三年困难时期来了。二月初,山里人的又一个贫穷的春节过去了。很快,学校就要开学。每一个学期开学,对我的家庭来说,都是一个"关"！离开学的时间还有好多天,妈妈就四处奔走,为我筹借学费。一次又一次,妈妈怀着希望出门,却皱着眉头归来。

这一次,我又在家里,等待着命运对我的宣判。

解放后,穷人翻身了。然而,是不是每个穷人都马上变富裕了呢？没有啊！我的家里,依然很苦。尽管学校收费很低,每个学期我却仍为缴不起学费而苦恼。每次妈妈卖掉几个、十几个鸡蛋。给我三角钱、五角钱去缴学费。一个学期三块钱学费,到期末考试了,我还没有缴完。这时候,我最害怕见到班主任老师了,一见到老师从前面走来,我的心就像只不安分的小兔子一样，怦怦直跳，尽管老师不一定会向我讨学费，我却总感到自己学费没有缴清，不好意思见老师的面。一看到老师从我前面走来，我连忙打转身回避。

读六年级时，我们班绝大多数同学戴上了红领巾。我却一直没有申请加入少年先锋队。有一天，担任少先队辅导员的班主任找我谈话，鼓励我写入队申请书。

"老师，我不入。"

"为什么？"老师感到很惊讶，那漂亮的脸上堆起了疑云，"入队、入团、入党，是人生的三大喜事呀！"

"我，我交不出红领巾钱。"

我那位蛮漂亮的女老师沉默了，激动了，后来，她为我这个穷学生交了三角六分钱红领巾费，吸收我加入了中国少年先锋队。

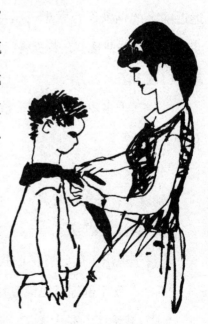

一期一期地熬，好不容易熬到读完了初中一年级。再过七八天，学校就要开学了。这几天，妈妈，这个弱小的女子，尽了她最大的努力，仍然没有筹借到学费。我望着妈妈那张为难的脸,说:"妈,我不读书了。我是老大,十四岁了,大了。"

妈妈哭了。

我也哭了。

考工

十四岁的我,要出远门了。

翻过一座又一座的山,我来到了离家五十多里地远的那个远近闻名的钢铁厂。我想进厂当工人,自己赚饭吃。那一天,我寻到厂部办公楼,在劳资科门口徘徊了片刻,终于鼓足勇气,跨进门进去了。

一位三十多岁的女干部,抬头看了我一下,问:"小同志,有什么事呀?"

"我、我……"

"别着急,慢慢讲吧。"

"我想进厂当工人。"

我终于说出了久已憋在心里的话。

"你?"女干部惊奇地望着我。"小家伙,我们不收童工啊。"

"不,我大了,是大人了。"

"多大?"

"十七岁半。"

我多报年龄,而且还带一个"半"字,以显得真实。这是一家"大跃进"中才创办的钢铁厂,开办才一年多,尚是草创时期,人肯定还是需要的,只不过嫌我年龄太小了。我就厚着脸皮磨。

女干部被我缠得没办法,便出题考我的文化,没有想到,这场文化考试,倒增添了女干部对我的兴趣,她终于写出一张条子,要我到厂职工医院去检查身体。

我喜滋滋地来到坐落在一个黄土坡上的厂职工医院。这时,医院里从省城医学院来了一批实习生。我的到来,使这批学生多了一个"试验品"。他们将我从头查到脚,从外表查到内脏,眼看一关一关都顺利地通过了。最后,我走进了一间房子里,躺到了一张木台子上。

在这里负责体检的,是一位医学院前来实习的女学生,她用听诊器在我的胸脯上听了一番以后,说:"把裤带解开吧。"

"什么?"

我简直不敢相信自己的耳朵了。

她又不动声色地重复了一遍。

一时,我蒙了,我已是一个十四五岁的半大人了。要在女人面前解开裤带,我真缺乏这个勇气呀!一种浓重的羞涩感,紧紧地裹着我的心。我傻了似的,迟迟没有动作。

"快一点儿呀!"对方又在催了。

这一瞬间,我想到了自己穷苦的家,想到了以后的生活。无论如何,不能失去这个工作的机会,我咬了咬牙,终于把裤带解开了。

我侧过脸去,望着洁白的墙壁,只觉得自己那颗心,在胸膛里嘣嘣地跳。那位城里来的女大学生,倒是见过世面的。她从容地检查开了,许多她认为该摸一摸的地方,都伸手过细地触摸了一遍。

被女大学生这么一折腾,我觉得自己全身都滚烫了,她转身去洗过手回来,望我一眼,不禁伸手来摸我的额头。

"怎么?你的体温不正常呀!"

接着,她取来体温表,放进我的口中,一测,果然,我的体温高达三十八度九。

不知是哪一个关卡卡住了,我终于没有被录取。我十分懊悔,无可奈何地离开这座寄托我多少美丽梦幻的钢城,没精打采地走回家去。

走到离家还有二十多里路的地方,天已经黑了。前面耸立着一座大山,我不敢再往前走了,摸了摸口袋,口袋里还有五角钱。于是便来到山下的一家小伙铺投宿。我在心里盘算，花二角钱睡一个大通铺，剩下三角钱吃顿饭。肚子早已饿得咕咕叫了。

"没有通铺，只有单间了。"

"单间？多少钱？"

"便宜，五角钱。"

这伙铺里的老板娘，是一个很胖的女人。这个胖女人很厉害。她看到我手里拿着一张五角钱的票子，硬说只有五角钱一晚的单间了。我左右求情，她高低不答应。怎么办呢？难道摸黑翻那座大山。不行啊，要是在山上碰到老虎怎么办。我终于狠了狠心，把五角钱全给了她。

晚上，又饿又气，我通宵未眠。窗棂子蒙蒙发亮，我就起来了。心里越想越气，不禁把床上的被子摊开，拿出拉尿的小玩意，往上撒尿了，心里狠狠地想，你赚了我五角钱，老老实实洗被子去吧。

我爬上那座高山，天大亮了，满天朝霞，托出一轮红日。世界全沐浴在橙红色的阳光里了，站在这高高的山顶上，我感到世界是那样地宽广。一想到自己这次向宽广世界失败的进击，我又感到天地一下缩小了，变狭了。

我朝家里走去，脚步沉沉的。

心中升起一片彩云

鲁之洛

说来叫我自己也觉得有趣：被我视若彩云一般美好的写作，曾经竟是我望而生畏的乌云。

在小学四年级时，我最感头痛的是作文课，最觉害怕的是国文老师。

国文老师刘鸣鹤，是我的一位远房叔叔。他年纪轻轻的，却戴了一副黑框深度近视眼镜，眼神呆呆的，脸上从不见一丝笑，枯燥得如同一尊蜡像。那时作文，要求在作文课内当堂完成，这对我简直是一种煎熬。

每当将作文题写在黑板上后，刘老师总喜欢倒背双手，慢慢地在课桌间穿行，一根两尺来长的教鞭，在手中不停地抡动、摇晃。我打开墨盒，展开作文本，毛笔杆傻傻地咬在嘴角，眼睛一直紧追不舍地盯着那根傲视一切的教鞭，觉得那是专为我准备的，随时都有落在头上或手心的可能。我的担心绝不是无稽地胡思乱想,更不是神经质地捕风捉影。刘老师早就警告过我:"你父亲嘱托过我,对你要严加管教,功课不好只管打。打脏了手倒水给我洗;打累了炖鸡婆子给我补身体。"那教鞭似乎总在向我幸灾乐祸挤眉弄眼,在向我威吓:"听见了吗,听见了吗?这是你爹老子说的。"

我头皮发麻,心中忐忑,脑袋里飘忽忽地如同空谷,思维像一条干燥的毛巾,怎么使劲拧,也没法拧出一些水分来。眼看两节课就要这么浑浑噩噩度过,交不了卷,那根教鞭不会轻易答应,只得胡乱地在作文本上涂写,连自己也说不清写了些什么驴头不对马嘴的话,我敢肯定地说,我每次的作文准能气得瞎子先生(我们同学暗地里是这么叫他的)几夜睡不着觉,不然,他绝不会在发作文本的讲评时,那样咬牙切齿挖苦我,说我错别字多,是位"石灰先生",说我的文章无文无章,是一团"乱麻筋"。每次都骂得我额头冒汗,无地自容,我从心里诅咒作文课,诅咒这位瞎子家叔,真希望此生此世不再跟作文沾边。

可是家里不容我。他们不能容忍一个书香门第出现文不通的儿孙,便抓紧对我进行课外训练。繁重的家庭作业叫我吃尽了苦头。我的硬记能力差得可怜,面对着砖头般厚的《古文观止》,对于每天背一篇古文的规定,我觉得如同驱我跨越深渊一般艰难。常常是在妹妹进入甜蜜梦乡时，我仍在枯燥无味的"之乎者也"之间煎熬。每天一篇的日记也令我如受苦刑，空谷一般的脑海里，怎么也挤不出几句新鲜话来，只得写一些"今天，在路上看见两只狗打架。""今天，雨点把书包打湿了。""今天，先上国文课、后上算术课。"这类的废话。后来，在爹老子的严厉训斥下，又学会了写一些"光阴似箭，日月如梭""不知不觉，又过了一天"之类的陈词滥调，这么一来，我渐渐由对作文课失去信心、没有兴趣，发展到望而生畏，特别是望国文老师刘鸣鹤先生而生畏，我真希望有不跟他照面的机会，于是，便萌发了逃学的念头。

　　我终于逃学了。这确是"蓄谋已久"的。好几周以前，我就思谋着要用逃学来躲脱作文课的煎熬，只是条件不成熟，勇气不够而未实行。这周作文课正逢住在乡下且对我有抚养之恩的伯母生日，我袋子里又有足够买一份小礼物的零用钱，胆子便大了。大清早，我就悄悄地将书包轻装了，中午放学后又把肚子填得饱饱的，然后装成无事人，仍像往常那样蹲在院子里的果树下看蚂蚁搬家、公鸡斗架，一副懒散、不肯上学的模样。直到妈妈几次催促，才懒懒地背着书包走出家门，待不见了妈妈追随的眼光后，便高兴地折向通往乡下去的小巷。

　　此时正是中秋，一路艳阳暖暖，凉风习习，晴空瓦蓝，河水碧碧,松林苍翠,枫叶火红,农民们正在忙着种萝卜、油菜、麦子。被翻挖出来的干禾蔸,在空田里垒成鼓钉一般的小堆,燃起堆堆烟火,飘着袅袅烟雾,烟雾与炊烟、暮霭织成一片透明而朦胧的网,笼罩着色彩斑斓的村庄。傍晚的村庄好热闹,唤鸭呼鸡吆牛的声音,音乐般地此起彼伏,汇成一曲热烈而激越的生活交响乐。伯母的笑脸,可口的饭菜,香软的新铺草,叫我甜蜜蜜地倒在床上,连梦都没做,一直睡到大天亮。

第二天早晨,我被大声的说话声吵醒,睁开双眼,猛然想起逃学的事,心里已是十分惊慌,待到知道家里整夜不宁,派出寻找我的人已到乡里来了,更是吓得胆战心惊,料想必遭一顿毒打。谁知"押解"回家后,爸妈既没怎么责怪,也没施行体罚,只将我的作文本和一道《秋日记事》的作文题交给我,说:"这是你鸣鹤叔送来的,要你写好明天交给他。"

爸妈的宽容态度,使我十分感动。《秋日记事》的作文题,勾起我对昨天如画如乐的农村生活的回忆,十分轻松自如地记下自己的所见所闻。我真不敢相信,对于我来说,作文也会这般容易写成。

可是当作文本交上之后,我又不免忐忑。难道录下一些自己的平常见闻也叫文章?难道信笔写来、一气呵成的文字也会成为好作文?我不敢自信了,又对作文课充满恐惧感,唯恐那逃学路上的见闻会成为大笑柄，惹起那位不讲情面的家叔讲出更多挖苦话。

周末的作文课又来了，无法回避又不敢再逃学的我，如同做了错事等待处置的顽童，那难受的滋味真是难以言喻。我心跳如狂，两道畏怯呆滞的眼光紧盯着抱着一叠作文本的国文老师走进了课堂。我在心里连连祈祷上苍，希望老师不会点自己的名字。哪知偏偏第一个点的就是我。

我默默站了起来。

"这篇作文是你自己写的？"刘老师眼光锐利，全然是诘问口吻。

我以为这篇作文定是惹恼了老师，想来不会给我好果子吃。心早吓虚了，嗫嗫喏喏答道："是，是……"

"到底是不是？"

我被这怀疑的追问激怒了，理直气壮回道："是我写的嘛。"

在好一阵静默中，刘老师那疑惑的眼光中，终于绽出一丝笑："既是你自己写的，那就给大家朗读一遍吧！"

我以为刘老师是有意要我在全班同学面前出丑，极不情愿地打开作文本，就在这一刹那，卷头上红笔正楷写的"传观"两个大字，如同一片彩云，在我心中飘绕。我高兴得气都喘不过来……待我信心十足地读完作文后，教室里腾起一片热烈的掌声……

　　很奇怪，从这次作文以后，我的作文成绩突然变好了。刘老师严厉的眼光，也变得和善、信赖和慈祥了。第二年全县小学生作文比赛中，我居然得了第五名。

故 事

李冬春

任何女孩子

都是一个美丽的故事

任何想充当主角的男孩子

都在故事中慢慢长大

并把自己的故事

讲给那个女孩

尽管失望一直是故事的主题

男孩儿也会继续讲下去

还把自己认为是最美好的憧憬

当作插图贴上去

虽然女孩子在故事中

早把微笑当作最明智的留条

签上句号

男孩儿依旧会把那句号

改成逗号

老猎人

徐 鲁

老猎人老了
他叹着气走出了大森林
他住在安静的村庄里
却夜夜梦见狮子
和老虎身上的花纹
而狮子和老虎们
也觉得非常伤心
它们在森林里到处寻找
"老猎人哪里去了呢?"
就像在寻找一位亲人。

梦

[新加坡] 南 子

在小的时候,我总是爱做梦。那些梦,像肥皂泡沫一般,映着阳光,显现灿烂的华彩,七种鲜艳的色泽,此现彼灭,多么引人遐思。美丽的东西,常是不能经历时间的考验,易于灭毁。"好梦由来最易醒",当你从潜意识醒来,面对耀目的阳光、太阳的金针,以及闪亮的光芒刺入你的目中,你会恍然了悟,昨夜的旖旎、温馨,就像黄昏的炊烟般易于消失。

懦弱的人,不敢面对现实,他不敢在磐石上建筑宫殿,他只得偷偷地把理想建在梦的流沙上。然而,这些都似夜晚的昙花,匆匆一现,什么也没留下,只留下时间的叹息。

"梦断香消四十年,沈园柳老不吹绵。此身行作稽山土,犹吊遗踪一泫然。"陆放翁写这首诗时,已经七十五岁了,诗人老矣,双鬓已斑,往事如梦,不堪回首。婚姻的不幸,世事沧桑,骚人已不复有当年的壮志了。

"打起黄莺儿,莫教枝上啼,啼时惊妾梦,不得到辽西。"可怜的妇人,独守空闺,只有把所有的希望,都寄托在梦里,只有不知趣的小鸟儿,扰人清梦。

梦境完全是柔美的吗?也不见得,有一次,我做了一个梦,梦见我独涉荒古,四周是嵯峨的怪石,危山恶水,四野人迹渺渺。我醒来时,已吓出了一身冷汗。

不管是美丽的梦,还是丑陋的梦,都是短暂的。那些眼泪,那些微笑,都是无所谓的。想到人生,又何尝不像是一场梦呢?想到庄周的蝴蝶,不知何者是被梦,不禁有些迷茫了。

人的一生是短暂的,你得意的时候,许多和你不相干的人,都来奔走你的门下,如蝇猬集。一旦你失意了,权势落空,那些食客,都作鸟兽散,你的门下可以罗雀了。

所以,得意的时候莫骄横,失意的时候莫气馁。

假如你明白人生短暂,幻灭无常,你就不会为那些生死离别而感到难过。

泰戈尔就是这样一个豁达的人,他在《飞鸟集》中这样写下:"我们如海鸥与波涛相遇似的,遇见了,走近了。海鸥飞去,波涛滚滚流开,我们也分别了。"

既然人生短暂,我们就应该好好珍惜,发出光和热,温暖这个世界。

开花的心事

钟代华

不知是谁的邀约

花儿们纷纷拥向三月拥向四月

舒展起开朗 舒展起热烈

舒展起鲜艳的青春季

惹得鸟儿蝴蝶们不忍离去

红的黄的

颜色是自己的

浓的淡的

香气是自己的

春天的眼睛 春天的耳朵

都成了花儿们的天地

所有春天的门哟

都被花儿们开启

世上的花儿真多

不管结果不结果

都很自在 都令人羡慕

没有训导的枯燥和苦读的孤寂

没有大人们危言耸听的禁区

谁也关不住原野的风

谁也锁不了开花的心事

少年走出家门

一点也不朦胧地哼起花儿咏叹调

还有那支早就想唱的花儿浪漫曲

奶 妈

梁瑞郴

我从医院出生后就成了乞食的孩子。母亲没有奶水,只能由我的外祖母抱回小县镇沿街乞食。

我由一个乞食的孩子突地长成十八岁的棒小伙子,从我生长的小县城走过时,突然街坊上就有一些中年妇女大嚷大叫:过来,过来,让我瞧瞧,小时候你还吃过我的奶呢!

吃奶的事我全然不知,但外祖母说过,我小时候是吃过某某某的奶水。我生出来的时候,那些街坊上奶孩子的妇女见我无奶吃,便你抢走喂一顿,她抢去喂一顿。

我当年吮吸她们的奶头,但一丝一毫的印象也没留下。现在突然被一位当年将我抱在怀里的妇女端详,我腼腆,我惶恐失措,口中一句话也说不出来。

"看,当年黄皮刮瘦,现在长这么高、这么壮了!"

这些业余奶妈(我姑且这样称呼)抚摸我的头发,眼光中显

出爱怜的神采。从这种神采中我感觉到,她们并不希望有所回报,只是一种欣喜。

我常常就是被她们品头论足一番,然后怀着十分的歉意离开她们。

在我的记忆中,我的确有一位正式的奶妈,那是我的姨娘和舅母遍访乡村,偶然在路上碰上的。

这是一位黑壮的农村妇女,家境十分艰难,生下的第三个孩子不幸未出襁褓就夭折了,她悲痛中无以为计,于是就准备进县城做奶妈。不意被我的姨娘和舅母在凉亭中遇上,交谈起来方知一方是去作奶妈,一方是去找奶妈。姨娘说:你与我们家的孩子有缘分,就请你吧!

踏破铁鞋无觅处,得来全不费功夫。我与我的这位奶妈完全是一种天缘。

我于是吮吸这位奶妈的奶汁,再也用不着在街坊上吃百家奶了。

但吃奶的事我一点也不知道,只是待我长到四五岁的时候,突然一天一位形容憔悴的中年妇女来到我们家,她的眼角噙着泪花,一身土布衣裳,头上包着头巾,凄惨惨地站在我外祖母面前,诉说她的丈夫因痨病已经过世。外祖母也仿佛陪着流泪,用语言宽慰她。而后外祖母喊我:"快来,快叫你的奶妈。"

我怯生生地站在这位奶妈的面前,轻轻喊了声:"奶妈。"

奶妈的脸上似乎放出了异彩,她赶紧蹲下来,很动情地抱着我,一声声地唤着我的乳名,我依顺着她,任她抚摸。她亲了亲我的脸蛋,对外祖母说:"这孩子乖,长这么高了。"接着就抱我坐在她的怀里。

外祖母好客,对奶妈更是热情,忙挽篮上街买菜。奶妈死命拽住外祖母,执意不吃饭

了，说只是一个人很悲痛，想来看看我。

外祖母见挽留不住，忙从衣柜中打捡几套衣服，又从米缸中舀出一袋米，奶妈坚持不收，外祖母于是做出愠怒的样子，奶妈才终于将东西收下来，但她另一手抱着我，久久不愿放下。

我不知道将要发生的一切是什么，突然哇地哭起来了，奶妈才慌忙松了手，放下我，在我的脸蛋上重重亲了一下，转身离开了我家。

她的身影是那样瘦削，满脸菜黄，全然不是姨娘告诉我的那位黑壮的奶妈。

我目送这位匆匆远去的奶妈，也仿佛是第一次被一种亲情所打动，满脸是泪。

外祖母告诉我：你长大后要记住她，报答她！

我仿佛一时间懂事似的点了点头。我心里在说，我永远不会忘记她。

但岁月的流逝将人心中任何难忘的事都可以冲淡，尤其是受惠者并不是能坚贞不渝地记住施恩者。

我除了当晚在梦中再一次见到这位可怜的奶妈外，第二天一玩就被孩子们的嬉戏冲洗得一干二净。只是我的外祖母时而提起这位奶妈，我才能又一次回想那次见到奶妈的情景。

大约是我十岁的时候，我的外祖母突然在一个阴雨的日子悲戚戚地自个流泪，我问外祖母哭什么，外祖母长吁短叹，终于很沉痛地告诉我，我的奶妈已经谢世，那一年，她才刚满三十八岁。

在我的记忆中，我第一次见到奶妈时，也是最后一次见到奶妈。这位家境极为贫寒，处境艰难的农村妇女，除了丈夫去世那年到过我家一趟，以后就再没有上门。尽管我的外祖母时常牵挂，叨念着要接济这位善良弱小的农村妇女，由我的母亲去送过几次东西，我们家对她就完全只是一种精神上的同情了。

我们的家境虽也是并不宽裕，但较之奶妈家却是人间天堂了。奶妈为什么不来呢？奶妈为什么不求助我们家呢？

当我在为这位在生活重荷下早逝的奶妈悲痛时，我常常想着这个问题，但十岁的我没有想通这个问题。

只有当今天见到我的孩子吮吸着母亲的奶汁的时候，我才又重新思索着奶妈的行为。

这位弱小悲苦的妇女，这位在生计途路上挣扎的妇女，这位曾经将血奶奉献给一个生命的妇女，在掌握自己命运的进程中是那样的软弱无力，但她的胸襟却是那样的博大与恢宏。

我想，她永远会记念着我，因为她曾经将她生命的一部分注入给我，因为她曾经将一个新的生命喂养得鲜活。她让我度过了童年最艰难的一段日子，她给了我童年无尽的欢乐。

我想,她是不想将生活的任何一丝悲苦带给童年的我。她是不想干扰一个孩提美满的梦,她从来没有想过回报。

我想,她临死的时候会想到我,尽管生活已经将她折磨得奄奄一息,她还是会在后悔与满足中走完自己人生的最后一站。她会后悔为什么不来最后见我一面,她会满足她哺育的孩子健康成长。

我的街坊上的那些奶妈也是一样,时至今日,我仍叫不出任何一位奶妈的名字,我仍不能完整地想象出任何一位奶妈的样子。她们谁也没有再来"干扰"过一次我的生活。我想,她们会记住我,但我却没有记住她们。

生活将我变得这样的"残酷"。

但在这"残酷"中我也在反省:那种无法与金钱等价的奶水,那种无法用亲情表示的博爱,那种付出而不求回报的精神,应该会打破一切冷酷的心。

我不知道奶妈的坟在何处,我更未在她的坟头燃一炷香、焚一片纸。但她的血奶今天仍在我的身上流淌。

我想,这将是永远也割不断的。

童年的"雪"

萧 袤

在冬天,孩子们像盼望过年一样地盼望下雪。可是在今年,很遗憾,哪怕像睫毛那么大的一片雪花也没有落下。

大家都觉得过了一个挺没劲的冬天。

有一位头顶仅有一根头发的大哲学家深刻地指出:"这能算冬天吗?这至少不能算严格意义上的冬天!"

没有雪的冬天,确实没有一点意思啊。

孩子们不能堆雪人、打雪仗、滑雪橇,冬天里没有了笑声,冬天很冷清。

好不容易熬过了冬天,春天在不知不觉中降临了。人们从没有雪的冬天的忧郁中走出来,看到地上星星点点的绿意,心头稍稍有了喜悦。春天也挺不错呀,桃红柳绿,鸟语花香。

谁知道,就在这时,天上飘下了白色的精灵。

纷纷扬扬的白精灵下了整整三天,大地一片素洁,银装素裹，玉树琼花。

大人们怒气冲天，他们抱怨老天爷没长眼，该下雪的时候不下，不该下的时候倒下个没完。

孩子们照常兴奋不已，管它是冬雪，还是春雪，只要是雪，就是欢乐，就是热闹。他们玩起了打雪仗，堆雪人，欢笑声震得树上的积雪簌簌地往下掉。

大家知道，小孩子常爱把各种各样大人们认为不可思议的东西放到嘴里尝一尝，比如手指头呀，还有雪呀。不知是哪一位小孩，最先抓了一把雪，送进嘴里去尝，这一尝，尝出了怪味，他大叫起来：

"盐！这不是雪，是盐！"

无异于冬天的响雷，孩子们简直不相信自己的耳朵。好在每一位小孩，都有勇气去亲自尝试。他们纷纷从地上捞起一把雪来，用牙齿去咀嚼，用舌头去品味：果真是盐。

"下盐啰！下盐啰——"

孩子们大声欢呼着，在他们看来，下盐比下雪更为有趣儿。

因为盐除了具有雪的一切好处外，还多了一份可口的味道，孩子们不是很喜欢盐水花生、咸鸭蛋之类的吗？

他们更忘情地呼叫：

"下——盐——啰！"

"下——盐——啰！"

没有一个大人理会孩子们在叫唤什么。他们把孩子们的话，当成了乳臭未干者的异想天开罢了。

没有一个大人，哪怕用一根小指头，粘起一片盐花，放到嘴里，用舌头尖尖去舔一舔。

后来，盐化了，化得非常迅速、彻底，仿佛在跟大人们赌气。"谁叫你们不理不睬呢，那我们赶快化吧，化得干干净净。"白盐们悄没声息地嘀咕。

直到后来，有一位手艺挺不错的家庭主妇在炒白菜时，发现放了一点点盐，就咸得不得了，她干脆一点儿盐不放，味道倒十分可口了。

直到一位爱吃咸鸭蛋的大胖子，刚好那天咸鸭蛋吃完了，忍不住趴在鸭屁股后，捡刚生下来的鸭蛋吃时，他惊喜地发现：这只常在化过"雪"的池塘里喝水的花母鸭，生下来的蛋就是咸鸭蛋了。

直到地里长的花生，就是盐水花生。

直到一个人头晕，喝了井里的淡盐水，头不晕了。

直到从地里拔起的萝卜成了美味的腌萝卜。

大人们这才感到，小孩子说的话，都是真的，春天下的那场"雪"，是盐！

孩子们还没来得及学会撒谎啊。

这些孩子最终都长成了大人,有一天老爷爷老奶奶跟他们的孙儿孙女儿讲故事,说:"在你们爸爸妈妈小时候,天上下过一场盐,是你们的爸爸妈妈们在玩打雪仗堆雪人的时候发现的……"

成了大人的小孩,马上红了脸,责怪他们的爸妈:"别相信爷爷奶奶的话,他们在逗你玩呢,天上,怎么会——下盐!?"

孩子们可不管,他们照样兴奋得大叫:

"噢,下盐啰——"

"下——盐——啰——"

童真的天籁,回荡在天地之间……

何立伟散文小辑

何立伟

童话与我们

因为儿子小,就要听故事。在黑灯困觉前。

故事无非是些符合小孩子家所听的童话,比方说格林兄弟的、安徒生的,又比方中国古典的或民间的,例如《孔融让梨》《曹冲称象》。但是我最爱讲,儿子又最爱听,就是如《海的女儿》《小红帽》《白雪公主》一类,有着梦幻的色彩、想象的空间,情感多于说理、诗意胜于事实的故事。父子俩躺在暖暖的被筒里,一个说,一个听,成习惯,亦成享受。初时我还只是以为这是一个做父亲的尽责任的服务,后来慢慢感觉到,其实这个故事不单是我来说给儿子听,也是说给自己听。别人家的国度怎么样,我不敢妄加评说,但是,在我们中国,一个人的成熟以什么计?那多半便是他的天真丧失殆尽。这童话说来给自己听，使自己回复几分天真，对于已逝的童年做一遍认真温习，庶几乎也算得上是对人在生活磨砺中异化得可悲可怜的一种微弱抵抗吧。抵抗固然是微弱，然而终归也还算是抵抗。这就足以证明人反叛的天性的并不泯灭。

早些时候，从电视的国际新闻里看到介绍，说在美国有一妇人，忽发奇想，开办了一所专门招收成人的幼稚园，目的是使天真失尽的成人，在这幼稚园里回归到人之初，回归到那些最单纯最快乐无所心机的日子。如此用心良苦的善举，我想即便是那美国妇人不去做，世界上终会有人去做的。改造我们的人性，抵抗现代社会对人性的歪曲或毁灭，办一所两所这样的幼稚园，自然无甚功用，但人类已意识到这一点，又以自觉的方式维护天真，这即是明天如虹的希望。我们这里，是没有那种幼稚园的，不过，给儿子，兼又给自己，说说童话，浸透到透明晶莹的一个梦里，也不失与那美国妇人的异曲同工。

日前又从报章上读到一则新闻。说是在俄罗斯，新近亦办了一家报纸，发行量一下猛增，胜过诸种老牌的大报。原因就是办报纸的人在副刊上特辟一块园地，专事连载世界各地的儿童文学名著，以饲养饥渴的俄罗斯少年的精神。于是，这报纸一时间竟洛阳纸贵。这恐怕也算得上是一个证明吧。革命尚未成功，人类仍须做梦。做梦是人生的权利，而做梦的好处，是使人心暂时地与现实隔离，让投注到眼前利益的心思，慢慢回流到往日的纯净之潭。

有趣的是，许多的儿童，包括我自己的儿子，都说过这样类似的话：希望他自己快快长大，希望他们的父母快快变小。这其实是极富有哲理的一句话。长大与变小之间，原本有许多锦绣文章可做。美国的妇人与俄罗斯的办报人，事实上已是在那里用行动来做。中国有世界上最多的人，包括有世界上最多的作家，竟鲜有人来留意做这文章，实不知心思安排在了什么地方。

冬天的夜很长，正可以讲那同夜一样长的童话，讲完了童话，只希望远处鸡的啼叫，不要过早地唱白了窗子。儿子他困得真好！

问题

那天晚上我接到一个电话，是北方一位朋友打来的。他的声音有些焦虑，他说他刚到长沙，还带来了他女朋友，打算明日一早到张家界旅游，但是一下火车接连找了好几家宾馆，都被会议包满，他现在正不知要住到什么地方去。我脑子里急急搜索与宾馆业有关系的朋友的名字。这时，北方朋友发话了，

"我看你也别找什么关系了。"他说,"干脆我们到你家凑合住一晚——你总不见得没有沙发吧。"我说你住到俺们夹皮沟来,那可是你瞧得起俺们大爷啦。

朋友于是像北方平原上的风,哗啦一下吹开了夹皮沟的门。进来后只嚷嚷:"哎呀呀你家里好挤呀!"太太来了表现贤惠的机会,就连忙切西瓜、泡茶、打地铺,而且,操亲爱的国语。于是我们叙旧,又于是我们神聊,大家精神得很。从北方到南方,总归有说不完的话。这时大约九点来钟,我儿子因为放了暑假,比往常睡得迟些,他也就拢来凑热闹。北方的朋友穿得很新潮,而且长一脸成吉思汗的大胡子,惹得我儿子极感兴趣,上前来捉,仿佛那里头藏着一只迪士尼的米老鼠。我那朋友正说着什么有趣得很的事,一面又要躲着我儿的一双顽皮且固执的手,他于是显得有点儿小不耐烦,转脸对我说:"叫你儿子去睡觉吧!"我儿是个很乖觉的孩子,见这位大胡子叔叔一脸的阶级斗争,立即就识趣地走开——虽然是噘着张可以吊一瓶山西老醋的小嘴。他回到床上,很快进入他蔚蓝的梦乡。

我们这晚上聊天几近通宵。朋友的女朋友寡言少语,只是一味地笑——无论你说的话幽默与否。她坐着的姿势很好看,笑起来也很好看,因为她的确长得很漂亮。半夜我儿子起来小便,穿过我们上厕所,一派迷迷糊糊恍恍惚惚的样子,我问我儿：“要发水灾了吗？”我儿蒙眬一笑，跌撞着走开，这个过程，两位客人得着了休息的机会似的，趁机打起哈欠来，也没搭理我儿。

快天亮时，他们叮叮咚咚地忙了一阵，北方的风就朝张家界呼啸而去了。

白昼无话，夜里却又来了客人。

客人名叫居里安，法国人，从北京来长沙某大学讲学，是中科院聘的计算机专家。他的太太安妮是法国的汉学家，翻译了一本中国小说集，里面收有我的一篇小说。这回居里安到长沙，顺便帮他太太把新出的法文样书送给我。居里安先生一口相当不错的京片子，又一派入乡随俗的模样，立即给人一种老乡的感觉。这天我儿子有些小不舒服，早早地上了床，居里安先生来的时候他已经睡着了。居里安先生聊天时忽然问：“你没有小孩吗？”我太太说：“有啊，是个男孩，睡了，在隔壁房间里。他有些不舒服。”居里安先生啊了一声，立即站起来，走到隔壁看我儿子。他把手放在我儿额头上，而这时他的脸上有一种极慈爱又极庄严的神情，仿佛他的手不是放在一个孩子的额头上，而是放在一本《圣经》上。

后来我们回到客厅继续聊天。临走的时候，居里安先生又到隔壁看我儿子。我看见他俯下身子，在我儿子额头吻了长长一下,就好像他完成了一件极重要的工作——现在可以走了。

第二天一早,我太太问了我一个小小的问题:"为什么外国人那么喜欢小孩子,而你那位新潮的朋友还有他的女朋友对小孩子却根本不理睬?"

哎呀,这个问题我没有想过,我不能立即回答:是的,我得想一想,因为这的确算得上一个问题!

抓 周

舒 婷

　　北方孩子周岁时有"抓周"。据说孩子的前途借此初露端倪。若也给我的儿子举办同样活动，他必毫不犹豫抓上一辆"奔驰"。

　　儿子对车辆的着迷持久不衰。他刚蹒跚学步时，带他出去玩，我抱不动，就买一毛钱的公共汽车票，从起点坐到终点站，绕全市一圈。他心醉神迷地趴在车窗上，指指点点，口中念念有词："卡车、丰田、吉普、摩托车、救护车。"现在他只要远远瞄一眼，即能老练地断定刚驰过的那辆车是桑塔纳还是皇冠。

　　老诗人蔡其矫来家中做客，儿子正在地板上组织浩浩荡荡的车队。居然有五六十辆。蔡老师啧啧称奇后问："还有什么车是你要的吗？"儿子脱口而出："消防车。"蔡老师花一天时间，搜罗全市，居然带回一辆红色的救火车，填补儿子收藏之空白。

　　和所有的孩子一样，儿子也喜欢涂涂抹抹，在幼儿园参加一些比赛，我们在饭厅开辟一面白墙为他举办个人画展。小小画廊上顿时交通十分拥挤，但从不发生车祸，还井然有序并不塞车，因为儿子及时地画上了红绿灯和昼夜不换班的交通警察。

带儿子外出旅行，特地给他买不同深浅的炭笔和昂贵的速写本，希望他在途中做些"形象笔记"，不虚此行。不料，在郑州，他只画牛车和大吊车，在绍兴，他只对乌篷船有兴趣，画得像花生壳似的。河水在他笔下只是不规则地抖三条曲线，高楼大厦千篇一律只是密密麻麻的窗口，蜂窝一般。画树，无论什么品种，都是大树杈连小树杈。唯独各种型号的车辆精雕细镂，连驾驶座前悬挂的小吉祥物都纤毫毕现。

若有坐汽车的机会，儿子总是千方百计钻到司机的座位旁边。如此已拜了不知多少司机当师傅，师傅的话自然圣旨一般，且跟前跟后，小马屁精似的。那一年在大同，人家派一辆好车子送我们。大同的路又宽又直，再加上儿子在一旁添油加醋，时时惊呼喜叫，怂恿得开车的青年军人使出绝技来，非但惊险擦边超车，还一再加速，竟每小时150公里，我在后面吓出一身冷汗。

节日、生日，或得了好成绩，我常允诺孩子一件定额的礼物。二年级期末考试他得了语文、数学两个第一名，我答应给他买一个三十二元的救护车变形金刚。但是当我们到百货商店时，货已告罄，需再等几天。回家路上，儿子不甘空手，非要就近买一个六元的塑料小汽车,我警告他,浪费这次机会,一定要后悔的。儿子执意不听,买完汽车走开不到百米,已觉无趣,塞进口袋从此不见踪影。

这以后他吸取教训,再进玩具城儿童商店,如果找不到预定目标或满意的东西,虽然怏怏不乐,却不会再滥竽充数了。

我因此引申教育:男孩要有自制力,能够等待并选择,等你的机会到来。将来长大谈恋爱也是一样,假如你太急切,太草率,随便付出自己的感情,等你理想的,你最想要的出现,你已经没有机会了。

十二岁的儿子恍然大悟:"我明白了妈妈,所以你和爸爸那么迟才结婚。"

"无论爸爸妈妈是不是彼此最想要的那一个,儿子,你无疑是我们最满意的一个小天使。"

大海与小海

原上草

一 大海爱上了小海

有座很大很大的山,叫做秦岭。秦岭脚下住着个孩子,爸爸给他起名小海。其实那儿离大海很远很远。

小海六岁,被火车载着跑了几天几夜,才见到了大海。妈妈说:那条铁路叫陇海,他便认为是他的大哥哥。

大海真大,站在海边的小山头上,怎么也看不到边。直到那遥远的地方,海和天,连在一起,留下一根细细的灰线。

大海很平静,平静得像天空。天空阴沉的时候,就是大海的颜色。那灰白的云,里面盛满了水。水盛得太多,就往大地上倾倒。倒得遍地都是,水倒尽了,云就躲得不见了踪影。一定是从天和海相接的地方,悄悄溜进了大海。只有海,才能容得下云;也只有海,才能有那么多水,让云重新盛满,再跑到天空去倾倒。

小海忽然觉得,大海离他并不遥远。云从海上来,云在天上,天就在他头上,云倒下的水,哗啦啦流成了小河。他最喜欢在里边玩耍。

妈妈领他走下小山头,来到海滩上。海滩铺满了细沙。细沙软绵绵的,是大海的床铺。床铺上坐了许许多多的人。他们和小海一样,也来看大海。

原来大海跟小海一样调皮,一刻也不安宁,弄出一层层细浪,在水里划了一条又一条长线。为了迎接看大海的人们吧,那条线就退着退着。但它像小海留恋热被窝,进一点,退一退,再进一点,再退一退,还在海滩上留下一圈圈浪痕,好像给床单印了一条条花纹。

海水退远了,让出宽阔的床铺。人们便一直坐到能摸到海水的地方。大海也和人们逗着玩乐,哗哗哗笑着扑上来,摸摸人们的脚,又哗哗哗笑着跑开去。

人们全都变成了孩子,光着脚丫儿,拾海贝,捉小蟹,踩海水。玩累了,就躺在这软绵绵的床铺上,仰望天空,打开旅行袋,取出饮料、食品、水果,痛痛快快吃呀喝呀!妈妈也变成了小孩,朝大海咯咯笑个没完。她也把小海招呼到身边,打开了旅行袋……

眨眼工夫,海滩上的花纹不见了。到处丢满了饮料桶、食品袋、水果皮,红红绿绿的,像开出了一朵朵花儿。小海正想添几朵进去,妈妈拦住了他的小手,把他们吃喝后的这些东西,收拾进了旅行袋,指指海滩边上的垃圾桶,小海明白了:这些东西应该扔到那儿去!

他脸红了。回过头一看,觉得满满海滩那些红红绿绿的东西,很丑很丑,就像绿草地上,长出了一朵朵毒蘑菇。还有扔进海水里的水果皮、食品袋、饮料瓶,很脏很脏,就像人的脸上,抹上了一摊摊污泥油垢。

大海的床铺,怎么能弄丑呢?大海的脸膛怎么能弄脏呢?小海望着望着,卷裤腿,走进海水,弯下腰去,捕捉那些讨厌的怪物。这些怪物却晃动着,浮过来,游过去,像和小海捉迷藏。

大海也有点儿不高兴了。浪花大涨起来,列成一条条长线,带着那些怪物,向海滩上推进。它像刚才退走一样,也有点儿不愿意似的,退一点,进一进,再退一点,再进一进,逼赶着海滩上不友好的人们,仓仓皇皇向后退去。

小海一边退着,一边弯下腰去,捕捉被海浪推过来的污物,抓了满满两大把。海水便不停地往小海手边推着,一朵朵浪花,拍打在他的屁股蛋上。

大海的一层层浪花,像一把把宽大的扫帚,一圈一圈,一直扫到海滩尽头,把自己脸面上、床铺上的那些脏东西、丑东西,全都扫得干干净净,一齐扔到海滩边上,才又进一进、退一退地退了回去。

小海看得直乐,他把抓满两手的污物扔进了垃圾桶,摸了摸湿漉漉的屁股,笑了。在家里,妈妈爱他的时候,总是亲亲她的脸蛋,爸爸爱他的时候,总是摸摸他的屁股。大海像爸爸一样,也喜爱他小海了!

二 大海多么孤独

大海的夜晚,比秦岭来得好早好早。

小海回到旅馆,心还留在"海珍馆"里。参观了海洋生物展览馆,他就惊奇得不得了。他以为大海里只有水和鱼,没想到陆地上有的动物,大海里也会有。那些海马、海豹、海狗、海蛇多有趣!他更没有想到,海底下还会有"草"。那些五颜六色、怪模怪样的鱼,他把满手指头压一百遍,也算不清数。但是参观了海珍馆,他就更惊奇了。那些海贝、海螺、珍珠、珊瑚,来自世界各大海、各大洋,大大小小,奇形怪状,奇光异彩,精巧得不能再精巧了,艳丽得没法再艳丽了。他简直不敢相信,这些稀世珍宝,会是海洋动物们制作的。它们是真正的能工巧匠，没有工厂、没有工具、没有图纸、没有颜料，怎么比人还有能耐呢?

大海真是太神奇了，也太神秘了！他看上去那么淳朴，那么平静，却隐藏着无数奥妙。

旅馆就在大海边上，小海推开了窗户，天上没有月亮，窗外只是一抹夜色。大海却把涛声送了过来：哗——！哗——！

人们都回家休息了，大海为什么也不躺在床上睡觉呢？它和爷爷一样，也喜欢在夜里唠唠叨叨吗？

小海问妈妈："大海有一百岁吗？"他还没上学，但早已学会了数数，以为一百就是最大最大的数了。

妈妈说："大海的年龄比一百个一百岁还要大很多很多！人还没从猴子变过来以前很久很久，就有大海了！"

唔！大海这么年老，一定有一肚子故事要讲述，一定有一肚子委屈要诉说。听，那哗哗的涛声，时隐时现，时大时小，无法平息呀！

忽然，海的涛声变成雷一样的轰鸣，一定是他生过好多好多气，掀起冲天大浪，向岸壁山崖上拍打：轰——！轰——！那是大海在发怒。

妈妈说过，陆地上有强盗，大海里也有"海盗"。这些"海盗"掠夺了大海的珍宝，还把脏东西、烂东西、臭东西、毒东西，往大海里扔、往大海里倒。大海的轰鸣,是对这类海盗的愤怒抗议呢,还是在痛苦地呼叫?

小海看见了电灯下的海螺,金灿灿闪光。卖螺人说:把它放在耳朵边上,就能听见大海的涛声。小海把海螺贴紧了耳朵,那里边既不是哗哗的讲述和诉说,也不是轰轰的怒吼和呼叫,而是低沉的呜呜声。那是大海亲切的召唤,一定是召唤人们去开发它的宝藏,解开它的奥秘,倾听它的诉说和抗议!

妈妈关上窗子。小海放下了海螺。他已经很累了,却难以入睡。睡不着就想家。小海觉得大海多么像家乡的大山呀。他家背靠秦岭,房舍就在绿色的怀抱中。他常常听见山上的林涛,也是彻夜不息,爸爸说林涛是倾诉大山的身世,呼唤人们去开掘它无尽的珍奇,也诅咒强盗的践踏!妈妈却说那是森林在唱歌。它的每一片叶子,都是一张小唱片,把风声雨声、鸟叫虫鸣都录在上面。无数唱片一起便组成了林涛的合唱,那是大山的心曲,妈妈管她叫山韵。

那么无边无际的海洋就是一张大唱片了,它一定也录下了暴风猛雷,鱼叫船鸣,组成了海涛的合唱。那是大海的心曲,该叫他海韵。

小海分不清那是山韵,还是海韵,香甜甜地进入了梦乡……

童话的来历

圣 野

一个小孩
掉下来一颗乳牙
乳牙说
我要交班了
让牢固的新牙
快来接班吧!

一个老人
掉下来一颗老牙
老牙说
我要交班了
让整齐的假牙
快来接班吧

老人和小孩

缺了好几颗门牙

说起故事来

呼呼呼

都有点漏风

小孩说

我喜欢童话

让快活的童话仙子

在我这个缺口里

进进出出吧

老人说

我喜欢童话

让快活的童话王子

在我这个缺口里

进进出出吧

这就是为什么

小孩和老人

在他们掉牙、换牙的时候

都会讲

很多有趣的童话

带泪的渴望

谭仲池

这些年来我养成了晨读的习惯。清新的空气和清晰的记忆及清澈的思维同时属于早晨。

每天的太阳都是新的,每天的感觉也都不一样。每天读书的人,能捧回一个个充满希望的蓬勃日子。

我要读书,我爱读书,我向往着知识的殿堂。

我至今也不会忘记马考雷说过的一段话:"即使有人提出,只要我不再读书,就可以成为历史上最伟大的国王……我也决不答应。我宁愿做一个穷汉子,挤在一间窄小富有藏书的阁楼里,也不愿当不喜欢读书的国王。"之所以我乐意记住这段话是因为我钟情于读书,我真正感到如果没有书读,就好像生活失去了阳光,好像自己是一只鸟儿没有了翅膀。

1962年8月是我人生记忆中最清晰的日子,因为在这个月的中旬我接到了初中的录取通知书。当我从邮递员手中接过县里寄来的通知书,心里不知有多高兴。我立即跑回家里,把录取通知单递给父亲。父亲拿着通知单来回默看,就是不作声。我透过父亲忧郁的目光看到了一个不祥的影子正向我走来,父亲点燃水烟筒,深深地吸着水烟,终于用深沉的语气说:"现在包产到户,家里分了田,你不能再读书了。"不愿听的话,实实在在地听到了。有什么办法!我的眼泪夺眶而出。我跑回自己破旧的房间,躺在床上,蒙着被子痛苦地哭起来。

母亲走过来了。她安慰我:"你是我们谭家读书最多的。你爹爹现在是大队干部,没有时间种田,你要不帮我,我累死也种不了这几亩田。"

听了母亲的话,我不再哭。我知道,我要真走了,母亲定会累倒在田里。我从床上爬起来,连忙跑到堂屋里找到一把锄头,独自一人向分给我家种的那块山冲田跑去。走到长满杂草的田埂边,我一个劲地铲起了杂草,我要把这田埂整修得光光亮亮,让别人看着我也可以成为一个像样的农民。

和我一道小学毕业的秋连姐、竹妹子、石伢子到城里读初中去了。他们走的那天,我没有去送,一清早我就牵着黄牛进了山冲。

秋天是成熟的季节。带着凉意的风和夹着寒冷的霜,把山岭的树木吹打得失去了溶溶绿色。一片片枫叶染上了一层金红,使人心上平添些许伤感。

我家栽种的晚稻长满了田垅，洋溢着丰收的气息。我站在田边望着即将成熟的稻子，心里非常高兴。可是几天之后，我发现许多禾叶开始发黄卷叶，找来有技术的老农一看，原来是螟虫在作怪。我急忙买来农药，借着生产队里的喷雾器去田间打药。农药还没有打完，我便深深陷入糊泥里。由于心慌，我竟捏动了开关，把一股农药喷进了眼睛里，痛得我浑身发颤。我从淤泥里爬出来，一头扎进小河的深潭，潜在凉凉的深水里，擦洗受伤的眼睛，洗了很久，才算止住了钻心的疼痛。我从河里爬上岸，穿着一身湿漉漉的衣服坐在河洲上，呆望着眼前的稻田和青山。

想着自己的失学，想着刚才的痛苦，想着伙伴们在中学读书的情景，我的眼泪又如泉水一样涌了出来。

很凉的风吹着我湿淋淋的身子，我感到一阵又一阵的寒冷。我踏着淡黄色的夕辉，扛着喷雾器走在弯曲的山路上。

我终于病倒了，发着高烧，头痛得厉害。我不愿告诉母亲，更不能告诉她我的眼睛被农药弄伤。我想自己默默地承受这份痛苦。我睡卧在黑暗的土屋里，在极度的寂静中，隐约听到祖母在堂屋里给我拜菩萨，为我祈祷。随着轻轻的脚步声，祖母一手端着一碗水，一手提着一盏桐油灯来到床前："这是敬观音菩萨赐的神水,你喝了,菩萨保佑你。"我感激老人的爱孙之情,点头接过神水,一饮而尽。接着祖母便用手抚摸我的前额,嘴里念着"菩萨保佑"之类的话。

我慢慢地适应了农业劳动,也学会了干一些农活。我失去了读书的机会,可是一种强烈的自学愿望便在头脑里萌生了。我白天在田里劳动就盘算着抽时间去上山砍柴,把卖柴的钱去买一些书来读。我还从邻居一个教过私塾的毛老先生那里借来《幼学》《百家姓》《增广贤文》自学。一到晚上,皎洁的月亮刚浮上树梢,我就藏在土屋的楼上点亮桐油灯读起书来。读啊!读啊!我从《增广贤文》中读到这样的话:

读书须用意

一字值千金

是读书打开了我的心窗,升华了我的思想境界;是读书让我锤炼了意志,去做出人生的正确选择;是读书让我不甘沉沦,在逆境中仍然执著地去追寻山外那新鲜、多彩的神奇世界。我渴望有一天,能重新背起书包走进教室。

我盼望着,想象着美好的中学生活。我想中学的老师一定很会讲课;我想中学的图书馆一定有很多很多的藏书;我想中学的校园一定是松柏青翠鸟语花香;我想,县城的中学生一定穿得很标致、很漂亮……我想,那里一定是色彩斑斓,充满蓬勃活力的知识天地。

越是这样想,就越感到心的孤独和苍凉,常常不禁泪湿衣袖。在这段失学的日子里,我真正体会到了当国王也不如读书幸福的滋味,虽然我没当过国王。

我的读书梦啊!

孔雀之乡短歌

吴 然

题记:云南德宏傣族景颇族自治州,有"孔雀之乡"的美誉。我在这片芬芳的土地上拾到一枝绚丽的翎羽,拾到一串心灵的歌唱。

王子树

绿光四射,巨大的树身撑起圆弧形的顶冠,地上铺满浓荫的图案。

王子树,你站在边远的景颇山寨,荫护大地,受人景仰。

传说你是一位美少年化身,这是真的吗,王子树?

一个秋天的傍晚,我来朝拜你,来倾听景颇老人怀抱月琴悠悠弹唱。素馨花的清芬爬满篱笆,纯净的炊烟袅绕嫩江田和野芭蕉的香气,古老的歌,回旋在暮色中的山寨——

远古的时候,部落间的仇杀和征战蹂躏这片土地,马蹄、战士的血、鼓声和厮杀,赶走了孔雀,赶走了麂子,也赶走了蟒蛇。森林回响着老人的叹息和悲鸣,母亲与河流同声哭泣。是一位少年王子制止了战争,小王子不喜欢打仗的游戏,他宁可被火烧死,也不听命出征,他折断国王颁赐的剑矛,走进烈焰熊熊的火场。就在烈火吞没他的地方,一棵新鲜的小树,破土而出。

古老的歌代代相传,古老的歌长成大树,这就是你呀,高高的王子树。

此刻,夕阳的翅膀栖落在你的树叶上,你的美丽如同发亮的云朵。

看啊,汲水的景颇姑娘,高大的红包头明艳动人,胸前的银饰闪着光辉,晚归的牛群踏着昏黄的暮霭,牧童在你的树荫下吹响笛声,光膀子的壮实汉子吸着烟筒,被筒裙裹紧身腰的女人追撵小猪。柔风里飘荡着新稻和鸡蛋花的清香,果园、田畴、竹棚和弯曲的溪流,融入远山和森林的白紫岚。

一切都是那么谐和,那么美妙。

王子树啊,你是小王子生命的祝福。你站在边远的景颇山寨,站在景颇人的家乡,你播撒劳动与欢乐阳光,和平的阳光。

孔雀泉

你是傣家的女儿泉，你是小卜少①晚浴的地方啊！

泉水是那样的明净、亮丽、清纯，映着天光、云影、草树的颜色，还映着急飞过的鸟声和一阵一阵花的温馨。

正是傍晚时分，夕阳的惊喜挂在凤尾竹上，暖风吹过绿叶婆娑的棕榈。金合欢的浓郁芬芳在树林里尽情地舒展。一阵清脆的笑声随风而至，所有的树都睁大了叶子的眼睛。小卜少，小卜少，这些仿佛是来自天国的小仙女啊，霓裳羽衣飘飞着奇光异彩，洁齿妙目使幽暗的树林明亮起来，她们把少女的纯洁融入泉水，她们忘记了少女的文静，在水里嬉闹，往同伴身上拍溅笑声和水花，拍溅少女的欢乐和夕阳金光闪闪的祝福……

传说，孔雀公主来晚浴的时候，年轻的猎人偷走了她的羽裳和她的心。于是，一个美丽的传说被瑞丽江水永远传唱，瑞丽江以及倒映在江水里的所有景物都披上了无限温情的色彩。来江边汲水的小卜少心旌摇动了。她们从江流里看见自己的影子，看见包头和筒裙的影子，听见了青春的心跳。于是，当她们去孔雀泉晚浴的时候，心里有了一个小秘密。啊，年轻的猎人，你在哪里？

---

①小卜少，傣族语，少女的意思。

树包塔

四月,我们从很远的地方赶来过泼水节,欢迎我们的是凤凰花艳红的阳光,棕榈树展开巨大的羽冠。还有铓锣、象脚鼓的轰响和孔雀舞飞旋的足头。

泼水的狂欢淹没了这座城市,太阳的热力不减,我从水花和阳光的丝网里逃跑出来,在一棵榕树下晾晒潮湿的思绪。

榕树!美丽而丰盛的榕树,长在塔上的榕树!强劲的根抱紧了塔身,包裹了塔身。

一个真正的天造奇观。

古塔的一次生命的轮回。

也许是风带来的种子,也许是小鸟衔来的种子,在塔顶上发芽生根,在砖缝与石隙间探寻生命。

难道不也是古塔自己长出的思想吗?绿色的树,绿色的思想啊!

这里是一所民族小学。是学校的钟声,是孩子的歌唱,跑跳,诵读和喧闹,惊醒了沉睡千年的古塔吧?是傣族小卜少筒裙的鲜艳,景颇族少年银项圈的闪光,唤起了它再生的渴望和生命的飞翔吧,它的骨骼发痒,爆出拔节的脆响,于是,古塔凝固的生命长出绿叶的思想,鲜艳的绿叶召唤风和小鸟,召唤孩子们的欢笑和歌唱……

少年朋友,如果这是真的,如果一个古老的生命因你们而焕发了青春,你会有怎样的感动呢?

家月亮,野月亮

高晓声

天上有两个月亮:一个叫家月亮,一个叫野月亮。

家月亮和野月亮都是圆的,此外就完全不同了。家月亮清清秀秀,光光亮亮,往哪儿跑都笑盈盈的,惹得全世界都喜欢它,都想着要把它养在家里似的,所以才叫它家月亮。家月亮也很乖,它按月定日定时出现在一定的地方,如果有人真想它的话,按时可以找到它,叫你很放心。野月亮就不这样了,平时根本不知道它在哪儿,不知道它是偷懒躲在安静的地方睡觉呢,还是被哪个足球队拿去当足球踢破了。只有在它靠近家月亮的时候才露庐山真面目:原来它长得挺难看,黑糊糊一团,邋邋遢遢,大概因此它才不肯经常亮相。因为人们常常喜欢外观漂亮的东西,内里的肮脏反倒不在乎。

野月亮并不知道自己为什么被叫做野月亮,但自从被归入月亮一类之后,就无端受到许多非议。它没有光彩,它的邋遢,都是天生的，并不是它的过错，所以它不应该受到指责。如果说平时不知道它在哪儿，也是因为人们的眼睛不够明亮，该受责备的自然更不该是它了。它一如既往，该在什么地方就在什么地方，该做什么就做什么，从来就没有出过什么差错。它好比一块铁，很硬很硬，可以捶打成刀斧，也可以做犁锄，但它绝不是家月亮。家月亮好比是棉花，可以抽成纱，绞成线，织成布，它很白很白，很软很软。现在硬要如铁的野月亮也像如棉花一般的家月亮，这就太荒唐了，就太不公平了。

这是一种偏见，是我们在日常生活里常常碰到的偏见，世界上有许许多多江湖骗子，专门制造和传播种种偏见，我们常常逃不脱他们的迷惑，真是防不胜防。

但是野月亮并不懂偏见不偏见，也不懂人们为什么要有这样那样的偏见。他照样像块铁，很黑很黑，很硬很硬。它并不妒忌又白又软的家月亮，可奇怪的是家月亮每过一段时间就会姗姗地向它走来，直扑它的胸怀。野月亮知道，世界大得很，天空宽得很，可以走的道路也多得很。家月亮朝自己闯过来，用它雪白粉嫩的身体来碰又黑又硬的一块铁，显然是被一种可恶的力量逼得无路可走了。它同情家月亮，一闪身，让家月亮在自己的黑影掩护下过去了。野月亮呢，还蹲在那儿好一阵，看有没有什么追上来，它好挡一挡呢。

走街串巷

姜贻斌

我十二岁那年,因为是"狗崽子",被学校暂时扫地出门,有一段日子没有书读。父亲生怕我在家闲着生事,便将我送到邵阳亲戚家里。亲戚家正在卖冰棒聊补生计,于是,我就接下了这个对我来说十分陌生的差事。

亲戚家住在南门口,冰厂在曹婆井(我不知这个冰厂现在还在不在),好像是叫红旗冰厂。我每天清晨三四点或四五点钟,便肩背着一个大木冰箱,手提一只圆形的铝皮冰桶,早早地去排队。卖冰棒的大多是像我这样半大不小的男女小把戏(小孩子),且人多,不早去,怕迟迟批不到冰棒,误了生意。

大家都用冰箱或冰桶排着队,然后聚在昏黄的路灯下,说一些天真幼稚的话。我因与他们不熟,便独自站在一旁听听。我卖了几个冰棒,也没怎么与他们热起来,至今我的印象里只有一个叫大脑壳的伢子在隐约晃动。那是因为他脑壳长得出奇的大,特征明显,便于记忆的缘故。

早上七八点钟,冰厂的窗口便打开了,大家挤挤挨挨,渴望早点批了冰棒去卖。那时的冰棒品种十分单调,一种是白糖冰棒,两分七厘钱一根批下来,三分钱卖出去,赚三厘。一种是牛奶冰棒,似乎三分钱一根批下来,五分钱卖出去,每根可赚两分钱。

批了冰棒,就赶紧装进冰箱里或冰桶里,然后赶紧走街串巷,各显灵通。于是,我也认识了许多街巷,如张家冲、九井湾等等。尽管如今有些地方已非昨日,但昨日的景象却仍深深地刻在我的记忆里。

我卖冰棒是绝对忠于职守的。这表现在不辞辛劳地满街满巷地走,别人不去的地方我去,并且伸着一张公鸭嗓不断地大声喊道:"卖冰棒,白糖冰棒。"喉嗓都喊哑了,也要尽量喊出一点韵味来。其实亲戚曾告诉我另一种喊法,但我不知他是开玩笑的话,还是当真的。他笑着大声喊道:"白糖冰棒——果露纸包冰——"竟很好听,韵味十足。我曾小声地试过喊了几回,但见同伴不喊,我也便不再喊了。

当时,我的手腕上时时吊着一只用灰布缝成的小钱袋,每每看见钱袋渐渐鼓起来,心里便生出一丝快慰来。但我那时的消费观念很不强,从不动用小袋里的钱,舌焦口干,连冰棒也舍不得吃一根。有时候亲戚没送吃的来,我便空着肚子卖冰棒,不知道买碗米粉或几个油粑粑。若是亲戚给我几个油粑粑,我才敢狼吞虎咽。

每天卖完一百根或两百根,我便回亲戚家,和亲戚一起清点那些邋邋遢遢、角角分分的纸币或硬币,告诉他们今天批了多少根,总共卖了多少钱,一五一十,清清白白,然后,长长地透一口气,将一天的疲累吐出来。正因为如此,我至今与贪污无缘。

卖冰棒最担心的是下雨天或大阴天,最高兴的是暴太阳,我宁愿晒,宁愿热,热得像一条狗一样伸着舌子也在所不惜,因为这样的天冰棒好出手,我喜欢那些需要降温的男女老少。

若是雨天,我就学着同伴们的样,少批一点,五十或七十根。下雨天卖冰棒真是艰难至极,街巷里没有什么人,他们也不需要降温,老天爷给他们降温又不要钱,他们就非常可鄙地把我忘记了,连看也不看我一眼,匆匆擦身而过。我曾无数次想象伸手接过他们的钱来,然后不容分说地将冰棒塞给他们。雨水或飘飘洒洒,或倾盆而下,或噼噼啪啪。这时,我赤着脚,一边暗暗诅咒老天爷害人不看日子,一边又无奈地扯着带血的嗓子叫卖。

我走过大街,拐进小巷,朝那些躲在屋里的人们喊,想喊出他们的一丝怜悯来，可大都是喊不应。他们的耳朵像是被冰棒棍子戳聋了，听不见一个卖冰棒的少年孤独地站在雨中可怜地呼喊，也想不到这个少年是何等的疲惫和无助。间或有人伸出脑壳来喊一声买冰棒，我便浑身是劲，背着冰箱，提着冰桶，像冲锋的战士一样，飞快地冲上去，二楼或三楼，三楼或四楼。这时，我递去一根冰棒，接过那三分钱，都要用感激的目光深深地望对方一眼，但对方能感觉得到吗？

在卖冰棒的那些日子里，给我印象最深的是一个下雨天。那天，我很背时，到处走呀转呀，喊呀叫呀，任凭我怎样地努力，最终还有七根冰棒无论如何也卖不出去。我不敢回家，怕挨骂。更不敢买点东西充饥，就一直走到天黑，走到深夜。在暗淡的路灯下，雨还在淅淅沥沥地飘洒着，我赤着脚在柏油路上孤零零地走着，喊着。这时迎面走来了亲戚，我见了他，当时只想大哭。他焦急地说怎么还不回家？我愧疚地说还没卖完。他问我还有多少？我说七根，他打开冰桶摸了摸说，"都有些融了，算了吧。"我当时很感谢她的宽容，同时又暗暗惊讶，七根冰棒怎么就算了呢？

那天回到家，已是快十二点了。雨还在下着。

我说过我是绝对忠于职守的，从来没有对那些钱动过丝毫的非分之想，可许多年之后，忽一日，母亲提起这件事，说亲戚家竟说过我独吞了不少的钱。我听罢许久说不出话来，蠢蠢地呆着。这难道就是对我兢兢业业卖冰棒的结论吗？这难道就是对我天真无邪人格的评价吗？我心里吱吱地生出一丝恨意。但现在，我早已原谅了他们，如若日子过得不是那般拮据和苦涩，谁会生出那种疑心呢？富有富的烦恼，穷有穷的猜疑。

我前面说过，我记住了许多街巷。但需要补充的是，我也记住了许多人名。这些人我都不认识，我只是从那些巨大的标语上知道的，并且那些人名上面都凶狠地用红笔打上××，跟我父亲的扬名无异。至今我印象最深的是两个人，一个是谢新颖，一个是孙婉。谁知道这世界小得不能再小，我来到长沙后，在我现在写这篇东西的大院里，孙婉竟与我同住在一起。六年前，我从另一处搬到这个院子里之后，忽然有一天在传达室发现孙婉这个名字，陡然一下，孙婉这个名字从我的记忆深处跳了出来。是那个孙婉吗？是那个我从小在邵阳卖冰棒看见标语上打着××的孙婉吗？不知怎么，我很想与之诉说——她曾经在一个少年脑海里留下的记忆。

我试着问过别人，别人说她确实是从邵阳调来的。那么无疑，她就是我脑海里的那个孙婉了，而不是同名同姓的别人。孙婉到底是哪位，别人告诉我，就是那位满头银丝、很富态的老奶奶。因为别人不是当着孙婉的面告诉我的，所以我怎么也对不起号来。我想我们肯定互相点过头,并且见过无数次面,但一直没有说过话。她也一定不知道曾有一个小小少年,在许多年前,在邵阳走街串巷卖冰棒的日子里,竟牢牢地记下了她的名字,而现在又与她同住在一个大院里,竟一晃六年。

会有我与她交谈的那么一天吗?

爬山虎很蓬勃地将脑袋伸到窗口来了……

动物散文二题

詹政伟

在地中海里,生活着一种叫刺鲀的鱼,这种鱼个子不大,但很会动脑筋。在它生活的地方,是众所周知的聪明鱼。

刺鲀鱼全身都长着细细的刺,不要小看这些刺,它们的威力可大啦。每当它全速在海里游动的时候,用不了多久,它的身上就挂满了小鱼小虾。这些小鱼小虾是什么时候挂上去的?刺鲀鱼一点儿也不知道。

刺鲀鱼不怕跟它个儿差不多的鱼,是它的胆子特别大吗?不是,因为刺鲀鱼有绝招,它的身体里有毒,假如谁咬它一口,那保不准连性命也给丢掉了。刺鲀鱼的毒性很强,它的一滴血能置十条十斤重的大黄鱼于死地,够厉害吧?

不过,以上这些都是刺鲀鱼无意识做的事。它花心思做的事是靠骗术躲过一次又一次的危险。刺鲀鱼有毒,但并不是所有的鱼都怕它,尤其是那些大个子鱼,它们吃刺鲀鱼从不需要咬，只是呼啦一下，连同海水把它吸进去了。刺鲀鱼的毒在血液里，这样它一点儿用场也派不上了。刺鲀鱼当然不甘心做大鱼的牺牲品，它会用另一种绝招御敌。以后它遇见大鱼向它进攻，它就吞进大量的海水，把自己鼓成一个大球。这个大球可真够大的，比它自身起码要大十多倍，而且，它身上的那些细细的刺一根一根全都竖了起来。

大鱼看见小小的刺鲀鱼突然变成了一个不好对付的带刺的大圆球，吓了一大跳，不敢随便去进攻，真怕那些细刺会戳破它的肚皮。大鱼放过了刺鲀鱼，刺鲀鱼于是就得救了。

当危险过去之后，刺鲀鱼轻轻松松地将水吐出来，然后高高兴兴地游走了。

瞧，刺鲀鱼多聪明！

四眼鱼的本事

一般的鱼类在水中能明察秋毫，但一进入空气就什么也看不清了，成了名副其实的睁眼瞎。这是因为光线从空气中进入角膜和从水中进入角膜的折射率是不同的，这也是鱼不能上岸，猫不能下水的原因。

但是有一种鱼却同时具备在空气中或水中视物的本领，它的名字叫四眼鱼，栖息在美洲的热带水域。四眼鱼的形状像一条蛙鱼，背部隆起，长着跟青蛙一模一样的水泡大眼，但它的一双眼睛中，每一只眼睛都有两个瞳孔，每当它在水中游动的时候，它的眼睛总是一半在水上，一半在水下，上面的一对瞳孔注视着水面上的动态，下面的一对瞳孔具有不同的折光作用，可以注视水中的动态。这是由于它的眼球长着一道由色素斑组成的色带，色带内有虹膜，色带和虹膜把上下两个瞳孔隔开。

四眼鱼在水中游动时，色带所在的位置正好与上面保持水平，上下瞳孔各管各的，所以四眼鱼能够同时看到水面上低飞的虫子和在水下游动的鱼儿。

四眼鱼捕捉起食物来很方便，假如捉不到水里的鱼，那水面上的昆虫就逃不了了；假如水面上飞的昆虫抓不到，那水下的鱼儿一定难逃它的嘴。

最重要的是，由于四眼鱼与众不同的本领，所以它能及时地躲开一次又一次的灾难，安全地生活下去。

要是你拥有了一条四眼鱼，千万不要轻易地丢掉它，因为那是宝贝，在美洲能卖八百美元一条。由于四眼鱼的本事大，渔民们想要找到它，还挺不容易呢！

淌过大地的生命河

刘晓平

人们把大地比作母亲。这是一个伟大、智慧的比喻,是一个举世绝妙的比喻。第一个这么比喻的人,我想他是天生绝伦的诗人,是举世无双的思想家。倘若没有壮阔、丰厚的大地,世界上的芸芸众生便是虚无的、空幻的了。没有了大地,便没有了生命,便没有了思想……因此,大地是万物之母。有了大地,便有了泉,便有了溪,便有了河流,便有了智慧和创造!

有了这样一种思想认定,我便对那些把河流比作母亲的文字,总是从心底里去加以否定。在我的心灵里,河流不能比作母亲,河流只能是大地的儿子。河流就是生命,是大地母亲诞生的生命;是一种有血有肉的生命,一种有骨有思想的生命。

当大地上有了我的第一声啼哭,父亲便给我命名叫江河。从此,我便是一条生命河。一条诞生于大地,奔腾于大地,流淌于大地的生命河。

很小很小的时候，我只是一个山孩子，一个迂回奔走、唱着清亮亮童谣的山孩子。那时父亲便告诉我："孩子，你的名字叫江河，你不要做永远的小溪。山的外面有丘陵和平原，遥远的地方是大海，大海才是你的归宿啊！"

当时，我幼稚的心灵不求理解，但求牢记，我就记下了自己的名字叫江河，我的归宿是大海。我好奇地问："那父亲叫什么？"

"父亲叫太阳哩！就是有升有落的太阳。"父亲怕我听不懂，还给我解释了许多的道理：太阳才平凡哩，因为平凡才有升有落；它的升落是依恋着它的儿子哩，它要看看儿子是怎样长大成江河，是怎样奔向了大海的，就为了儿子，它才平凡得永恒，永恒中有升有落。大海才伟大哩，但那是一种平凡积蓄的伟大。翻江倒海，那是多么磅礴雄浑的气势！但是，要奔归大海，江河得经受许多的考验。它得穿越重重山崖的阻拦，绕过层层嶂峦的困扰；它得有跨越山涧的勇气，至死不回的豪情；它得有斩断柔情的气概，奔如走马的气势；它必须不畏悬崖断壁，不恋风花雪月……

"但我会想母亲的。"我告诉父亲。

父亲说："大地是博大的，你永远都走不出她的胸怀。无论何时何地，只要你一想起她，母亲便会在你的身边。"

我点头，记住了。

于是，我便开始长大，便开始了兼收并蓄和包容一切清纯、浑浊的吸收；我吸收了长大的养料，也吸收了长高的思想。当我再回首眺望母亲时，只见母亲的身躯已留下许多沟沟壑壑一般的伤痕；所有的伤痕就是一组七音的笛孔，奏响一支美好而忧伤的歌！但我记住了父亲的话，我得继续走下去。

有时，面对芸芸众生的世界，我常为那些美好的生命和思想，浅吟低唱、琴瑟和鸣地奉上一曲；而身临那丑陋的人生和污浊的灵魂，我只能进行一种自我的人生挣扎和灵魂的清洗。因为，面对汪汪的清流和汹涌的洪峰，我只有容纳和沉淀。沉淀是一种生命净化的过程，因此，我也常常为自我丑陋的形象和污浊的思想而痛苦。歌德说："随着每次大雨的侵袭，总要改变幽谷的美景。"但我却想"在同样的水里，再来一下第二次游泳"。于是，我试着一次次人生的净化和灵魂的泗渡。可一切，却好似在平缓地带静如死水般的恍惚中走过来了，我便一头扎进了大海。

寻到了大海的归宿，自我便渺小了，才有了一种永恒的感觉。只有融入了大海，我才知道什么叫举重若轻，何以能百川归海。一切丑陋的人生和污浊的思想，在这里都被那种壮阔的美丽和碧蓝的清纯所包容了,人们所抒发的是那种对深沉浑厚的赞美和对宏大无边的感叹。

这时候回首,我依然是太阳下一条淌过大地的生命河。我明白了:我的归宿为什么是大海,我的向往为什么是大海,而且只能是大海!

心　祭

廖静仁

易君兰是我们的唱歌兼图画老师。

我们一年级的唱歌课安排在周一，图画课安排在周三。启蒙报名的头一天下午，易老师就同我们见面了。上课铃刚刚响过，我们这群野味十足的蒙童还正在好奇地东张西望没有落座，易老师就已经亭亭玉立地站在讲台上了。那一天，易老师穿一件袖口同领口均卷着白边的黑色短袖衬衫，着一条隐格的淡蓝色裤子，乌亮的长辫梢上扎一只火红的蝴蝶结，白嫩的鹅蛋形脸庞上两个浅浅的酒窝满盛着甜甜笑意。她的出现，顿时使几十双童稚的目光灿烂无比，嬉笑打闹的教室里寂静一片。

"我叫易君兰，从今天起，由我负责教你们的唱歌课和图画课。大家就叫我易老师吧！"脆亮的声音如泉水般淌过来，溢满了我们小小的心湖。易老师接着说："你们都是山村里的孩子，是蓝天和大地的宠儿，对于小小的教室，一时还习惯不了的。今天的唱歌课就搬到野外去上。"

仿佛是异口同声，大家雀跃着欢呼："好啊！好啊！"便紧跟着易老师来到了学校南边的一片绿叶婆娑的香樟林里。

那是一个秋阳高照的清爽日子。有风儿徐徐地拂过，从翡翠树叶间筛落的阳光，带着浓郁的香樟气味，在我们的身上、脚边蹦着、跳着。易老师说，同学们，等你们以后真正地懂得音乐了，就会感觉出音符就是这样鲜活的、带着香味的。我们都静静地听着，很是入迷，却并不懂得易老师话中的意思。易老师在说这一番话的时候，淡淡柳叶眉下的那一双眸子，格外地明亮，比蹦着、跳着的阳光还明亮。

易老师教我们唱的第一首歌，是我们也同样熟悉的一首歌。歌词是这样的：雄鸡尾巴拖几拖／山村里的娃儿会唱歌／不是爹妈教给我／是我自己聪明捡的歌……但是，这一首我们平素唱得滚瓜烂熟了的儿歌，一经易老师的口中唱出来，却是那样地动听，那样地韵味十足。有三五只小山雀栖落在香樟树的枝叶间，叽叽喳喳的。它们莫非也在学着易老师唱歌吗？那一次，易老师还教我们唱了一首歌：长城外／古道边／芳草碧连天／晚风拂柳笛声残／夕阳山外山……唱着唱着，夕阳就滚落进西山的那一面去了。

时间过得真快，又是一个学期过去了，井湾里村小再一次接纳了一批启蒙的新生。易老师照样还担任着全校四个班级的唱歌和图画课。那时候，我们已经是村小二年级学生了。我们学会了唱许多新歌，一下课就唱，放学回家的路上也唱；学会了画许多图画，教室墙壁上画，学校操场里也画……童稚的世界，充满了歌声，涂满了色彩。我们是多么幸福和快乐的一群啊！

我们活动的天地更加广阔了。上图画课的时候，为了节约纸张，易老师征得校长的同意后，常常把同学们领到村口资水江边的沙滩上练画画。滔滔东逝的资水，清清粼粼，在水中游写着自由体诗句的鱼群常成了我们临摹的对象，还有往来江中的帆船，船上的艄公和水手，以及从我们身边经过的负重的纤夫……都成了我们图画中的景物。沙滩是上帝赐给我们的画布，我们尽情地在这块硕大无比的画布上任意涂鸦，慢慢地，慢慢地，居然能够把眼前的景物画得愈来愈真切了。

"仅仅画得像还不行，这还只是走出的第一步，"易老师舒展着淡淡的柳叶眉对我们说，"因为，艺术的真实并不等于生活的真实。艺术要融入自己独到的思想，要有深远的意境。"怎么会是这样呢？刚刚以为自己已经成为画家了，又说我们才只是走出第一步！易老师准是看出我们的疑惑了，就笑笑说："先休息一下吧，大家可以自由活动活动了。"立时，几十位同学就作鸟兽般散开，在绵软的沙滩上打滚、游戏。

时值初秋，夏日的暑气还很浓酽（yàn），有几位年龄稍大一点的男生便悄悄地溜进了江中游泳。那时候，易老师正坐在江边的一棵树荫下想着心事。她的坐姿真美哟！白嫩的鹅蛋形脸庞上有甜甜的笑意流淌着。易老师一定是沉浸在美梦中了，她是在想象我们这群山村孩子脱颖而出，成了歌唱家、成了画家吗？

然而乐极生悲，意想不到的灾难降临了。那几位悄悄溜进江中游泳的男生中，有一位小名叫牛儿的同学被江湾的旋流卷进了江心，待我们发现时，牛儿已经精疲力竭，小脑袋在激流中一仰一仰地就要沉入江心了。同学们的呼喊声把易老师从甜梦中惊醒过来。说时迟，那时快，易老师立时弹起，连人带裙便冲进了江中。易老师是识水性的，她小时候就同驾船的父母在资江里生活过。只见她双臂挥动，如一只离弦的响箭，浅色的裙子同江水融成了一色。仿佛只是一瞬的事情，易老师就托住了正被江水呛得"啊扑、啊扑"的牛儿。

牛儿终于得救了，从快到下游崩洪滩的入口处爬上岸来。然而，我们的易老师却被崩洪滩汹涌的激浪卷走了。闻讯赶来的人们从很远的下游才追上被激浪卷走的易老师。这时，她已经永远地失去了青春和美丽，仰躺在牛儿家自愿捐出来的一副棺木里，双唇乌紫，脸色惨白。

大人们一片惋惜地说，易老师是因为心急没来得及脱掉皮鞋，吃水后的皮鞋太重，使她双脚无法施展才遭厄运的。

我至今还能清楚地记起易老师出殡的场面来。井湾里凡是能够走路的男女老少全都出动了，人人胸前佩戴着白色的小花为易老师送葬。手捧着易老师遗像的牛儿走在出殡的最前面，随后是刘校长、蒋老师……人们全都低垂着头，流淌着悲怆的泪水，恸哭声震撼着井湾里两面的群山……

易老师就安葬在我们井湾里村小斜对面的金鸡岭上。每年清明，我们都会自发地去易老师的坟前，为自己的老师献上一束亲手采摘的野花。那个时候，我们都曾许下过诺言，只要是山野年年有花朵盛开，我们就会年年清明去易老师的坟前，为她献上一束芳香，一片心祭……

北拐那个地方

卢年初

沿村庄向北走十多里地是条长龙般的大堤，抵御着沉江的风浪。伴随着河道行走的姿态，我们的村道抵达大坝的正好是一个90度的拐弯处，于是村里人都称那儿为北拐。

尽管北拐离村庄不远，或者说它还是村庄的一部分，我小时候却没去过。有了一些阅历后我才知道，乡里人总是把村庄当作石磨，一辈子围着转悠，都在一个狭小的天地里自得其乐，然而一旦行走得稍微远一点，又是一种莫大的荣耀。那时，比我稍大一点的孩子总会问我：你去过北拐了吗？我说：没有。他们总是很惋惜地说：将来你总会去的。我揣摩他们的意思，似乎北拐就是我的未来。

我有种诚惶诚恐的忧虑，但是由于年岁缘故，一转眼又被那种乡村少年的浅薄冲淡了。慢慢地，我开始对季节的变化敏感，感觉冬天一年比一年来得早。那时农闲了，大人们却在清理撮箕扁担,要去北拐搞冬修。我的父亲参与在这个代表村庄豪气的队伍里,每年都要去一个多月,或者更久一些。我开始向往,开始等待。大概要到年边,父亲才会回来。我问父亲:北拐怎么样?父亲说:什么怎么样,一片黄土,一片水。我还想问些什么,看到父亲又驼了些的背,只能满怀感伤地独自猜想了。

我的印象中,北拐是一个使人变老的地方。随着一天天地长大,我将来也要在北拐变老。我的父亲后来去了比北拐更远的地方,但北拐还在那儿,丝毫没有要走的意思。它在等父亲,或者在等待像父亲一样的我。每年上堤,一般一户去一个劳动力,父亲走了,我和姐都在读书,就全赖母亲了。按理,母亲可以不去的,她是队里的干部,随便找个什么理由就可以推脱的,但母亲很好强,又能多捞些工分,就去了。母亲走后,我在教室里读书总是难以安心,作为家里唯一的男子汉,想象母亲在北拐挑堤喘息的模样,心一阵阵发痛,同时对北拐也产生了一种淡淡的埋怨,对洪水产生强烈的诅咒。实在念母心切,待到星期天,就踏上了去北拐的路。姐准备了许多食物,尽管我们猜想,在集体干活的地方,也许母亲吃不上多少就会被抢吃一空。

北拐非常热闹,到处都是人山人海,红旗飘飘,夯(hāng)

声一片。好不容易找到了生产队挑土的地方，母亲很忙，她是领队，经常被喊去开会。她没有做多少体力活，主要是拿把尺子，分任务，量土方验收；也常常给挑土的鼓鼓劲。原先以为母亲很苦，见她神采奕奕的，我们很宽慰。与母亲同去的还有一帮青壮妇女，叫铁娘子突击队，母亲的起居也有伴，的确没什么不放心的了。我和姐的情绪被感染了，一高兴，还把北拐走了个遍。远望沉江细长悠远，近处沙滩荒凉而杂乱，只有大堤上因为人气而显得特别生动。在北拐排溃的基部，我停留了很久，我想在屋后水渠抓溜的那条鲤鱼会不会来，因为北拐是条踏往他乡的路。

去了北拐一趟，我更加关注北拐了。每年的春夏之交是涨水季节，都会有一阵猜测，大人们忧的是：北拐不会有什么问题吧？北拐是村庄的屏障，人们对它的关心远远超过一丘庄稼或一栏猪患。大概过几年总要发一次大水，大人们都急匆匆地穿着雨衣往北赶，他们一走，村庄的心思就走了。那时候没有现在的信息灵，一发水，一个村庄都无法安眠。

我高中毕业那年没有考上大学，十五岁就上了堤。走到北拐的时候，心情难以平静。我想起先前人们说的"将来你会去的"，我真正属于北拐了。真正融入这个集体才明白，挑堤是个大聚会，几个村庄的人在此彼此熟悉，像老朋友似的打招呼：

又一年没见面了。特别是住在北拐堤下的一些房东，挑堤的男人都住惯了，有的还闹过笑话，有的打牌借过钱一年未还，但都是一团和气。

挑堤的生活很清苦，几十个人睡通铺，天天吃的都是白菜、萝卜，干活却不轻松。我是新来的，村里人对我特别关照，有挑土的，有挖土的，有抬夯的，而我只是拿一把铁锹，在堤上平平土。那些房东对我也特关照，看到我就说起我父亲和母亲。他们说一些往事，说着说着，我感到全家都搬到北拐来了。休息的时候，远房大哥带我到北拐大堤上走走。看到有一些撮箕埋在土里很多年了，大哥说：说不定还是你父母留下的呢！我感到岁月的无情。大哥看到我这么容易动情绪，仔细打量我，说：你太文静了，你是喝墨水的，你不属于北拐。后来，我复读考上了大学，真的再没有去北拐了。

许多年后，想起北拐我仍然会感到心里一阵发痛。我知道北拐不属于我，只属于那些真正的村里人，只有他们才能在那种艰难和繁重中过上一种爽朗的生活。

跳旋转舞的雪花

雪 野

一朵小雪花
在小小的树叶舞台上
　　跳
　　　旋
　　转
　　　舞

远远的风儿
赶紧收拢翅膀
动一动
轻盈的小雪花
可会掉下来
摔跟头的

把你小小的名字穿在身上

王宜振

孩子,你那小小的名字是一些羽毛
妈妈穿在身上就有了飞翔的翅膀

妈妈飞到樱草与燕子结成友谊的河边
妈妈飞到芝麻为孩子们开门的地方
妈妈从一颗小露珠里瞧见太阳金黄的心脏
妈妈从一只小蜜蜂的低吟里听出它的烦恼
妈妈从清凌凌的小河里看到黎明弯曲的形状
妈妈的欢乐和着小溪的歌儿一起流淌

妈妈飞累了,就落在季节的手掌
在那儿把羽毛梳得又光又亮
无意间,发现春天也是一只小小的鸟

正从季节的掌心孵出,羽毛上还闪烁着一团阳光

孩子,穿上你的小小的名字使妈妈变成一只小鸟
变成小鸟的妈妈就有了小鸟的天真和幻想
从此,妈妈同孩子的对话就有了更多的语言
那鲜活亮丽的语言
一小片就是一只欢乐的翅膀

指缝里的小鱼儿（外一首）

童　子

十根胖胖的手指头
伸进小水池
就变成了十条
胖胖的小鱼儿

十二条小鱼儿在小水池里
追追逐逐游啊游
为什么总是有两条
游得一点也不快乐

十根胖胖的手指头
不如十根胖胖的脚趾头
跟两只小鱼儿藏猫猫

小鱼儿躲在脚后跟

痒得你咯咯笑出来

大象为什么跑来跑去

大象为什么跑来跑去

因为它们喜欢捉迷藏

为什么有时候又停下来

因为甘蔗是甜的

大象鼻子太大了怎么办

卷起来抱在怀里吧

还有长长的象牙呢

那就一直哈哈笑

和夏天一起昏睡

周悟拿

你一个人出门，走在被太阳晒得滚烫的马路上。

你走到了公交车站，你要等的车是202，这是你在这座城市坐得最多的车。

车来了，你一个人上车，车发动得很突然，你忙抓住吊环才站稳。你慢慢地往车里面走，坐到了最后一排靠窗的位子。移动电视里放着最近流行的歌，女歌手的声音甜腻得像在夏天湿热空气里融化了的糖，车里破旧的风扇孜孜不倦地搅动着夏天独有的闷热空气。你疲倦地闭上眼睛，身体随着汽车的行驶而微微地颤动，刘海乱乱地遮挡了眼睛。

你在似睡非睡的状态里，无意识地想起了许多过去的事情。那些曾经盛开在夏天的回忆，那些旧日吟唱的歌曲，那些喜欢过的男孩。夏天就像一个精致的梳妆匣，盛放着那些曾经悄悄悸动只有你知我知的心事。你又一次打开这个梳妆匣，你又一次被扑面而来的回忆弄得措手不及。你没有办法，只有再一次陷入这片沼泽里面。

你又做了一个梦。你梦见了初中毕业之后的那个暑假，自己一个人走回学校的篮球场，盯着篮球架下那一块被阳光照耀得泛白的水泥地，哪怕眼睛被晃痛了也不愿意转过头去。你觉得自己在等人，可是又有微微的不安，害怕自己等来的只会是无尽的失望。

你还想做很多很多梦。

你很想梦见童年时邻居小哥哥送给自己的那个丑丑的娃娃，还有那一张动漫贴纸。贴纸被你在小学课本上贴完了，布娃娃不知道在哪次搬家中不经意地被弄丢了。丢失的定义是，你找不到她了，但她仍然存在于这个世界上。你一直固执地认为，她还在这世界上的某个地方，也许是某个布满灰尘的角落里，也许是某处脏乱的垃圾堆里。以至于后来在哲学课堂上学到"存在就是被感知"这一唯心主义说法时，你发觉原来自己从小就是一个坚定的唯物主义者。

你想梦见那个曾经在夏天的黄昏里为自己唱起歌的男孩。

岁月变迁之后你们再也没有见过面，所有的回忆都在那个夏天被施了魔法一般停顿了下来。你再想起他，想起的永远是那年夏天的他。你明白，如果时间不再给你们重逢的机会，从此你们只能在梦境里再见。梦境里的你们永远不会突兀地长大，你们就这样停留在回忆的那个横截面，爱情也会一直是模糊而简单的样子。

你很想梦见蓝的海、白的沙。你闭着眼睛光着脚，牵着一个人的衣角慢慢地走，仔细去体会脚下细沙的触觉。也许会有对白。"不怕我趁你闭着眼睛时把你带到海里去吗？""不怕。因为有你陪我到海里去。"这是你憧憬了很久很久的画面。为着这样美好的愿望，你一直相信爱的长久，相信爱的珍贵。

对你而言，夏天是最多梦的季节。有时短短一个钟头的午睡也会让你做一个情节丰富的梦。时间的概念在梦境里被无限制地拉长。那些梦仿佛是被夏天的高温烤出来的，总是让你翻来覆去满身大汗。

你多希望这些梦不要太过利落地收尾。你多希望这些梦境可以翻山越岭一直没有止境地延续，就这样和时间一起奔跑。

这样你就可以随身携带那些永不老去的回忆和憧憬。

你猛然睁开眼睛，发觉公交车马上就要到终点站。你不知道自己究竟是在回忆里睡去了，还是在睡梦里回忆。

苏醒的不仅仅是你，还有无数个回忆里的夏天。

一个人的火车

潘红亮

那时候,你还是个八九岁的乡村少年。远处的汽笛声总是隐隐约约在你的耳畔回荡,你似乎分辨不清那丝丝缕缕的声音是来自现实,还是渺茫的梦境。大人们告诉你,那是远方的火车。

在你割草的时候,在你伏在土坡上捉一只蚂蚱的时候,在你看着不远处的黄牛甩着尾巴的时候,在你望着蓝天上棉絮似的云朵悠悠飘过村庄的时候,汽笛声像拂过庄稼地的轻风一样吟着,把你的思绪带到山那边的世界。

嘴里的草茎是苦涩的,眼前的天地是无尽的黄土和锯齿般的远山轮廓。听火车的时候,一种模模糊糊的向往在牵引着你向那笛声靠近,靠近。于是,你涌起一个念头:你要穿过无数村庄和河流,去寻找笛声的所在,你想去看看火车。

那个野山枣红了的秋天,你约了三个伙伴,带了两块干粮匆匆上路了。村子那么小,世界那么大,路那么长,你们在长长的路上有说有笑地走着。折一枝野花，吹一阵口哨，唱几句山歌，远方似乎近在咫尺。

然而，和你一起去看火车的伙伴都相继感到累了，他们找了各种借口返回村子，最后只把你一个人留在看火车的路上。多少次，你好想回头呀，但那越来越清晰的笛声及时挽留住你退却的脚步。

黄昏的时候，你终于走到了铁路边上。落日辉煌，钢轨闪亮。一列快车一声长鸣，呼啸着驶过你眼前，又一点点消失在远处。

那一排排明亮的窗口，转瞬即逝的车声人影，还有突然寂静下来的黄昏，仿佛给你的这次看火车之行涂染了几分悲壮的豪情。你凝望着那条伸向远方的钢铁的大道，似乎明白了什么。那急匆匆跑过的火车多像一个执着的孩子，他也要去寻找远方精彩的世界吗？

第一次去往远方的城市，第一次坐在梦想的列车上，你已经是位告别家乡的学子了。不久前，你曾在眼花缭乱的报考志愿上毫不犹豫地填上了"铁路"两个字。冥冥之中，就是这两个字将伴随着你的人生岁月。

这是秋天的深夜，倚在飞驰列车的窗口，大地上星星点点的灯火呈现出诗意的光芒，模糊流逝的风景你看不清楚。唯一能感受到的，是火车行进中铿锵有力的节拍。那节拍，时缓时急，如风似雨，又如隐隐的雷声划过。从未出过远门的你，听着自己的心跳也如这火车的节拍般跳动。箭一样飞驰的列车要把你带到哪里？那里可是梦中的远方？

你不会忘记那次看火车的孤单之旅，为了看火车你到半夜才摸回家。四处寻找你的家人，他们看你又饿又累的样子，连一句责备的话也没说。而现在，你身处列车之中，和许多陌生的人坐在一起。这时候，会不会也有个傻傻的孩子，站在路口，向你这列火车痴痴地凝望？

时光也是一列永不回头的火车啊，你的少年和青年时代，转瞬间就从眼前掠过去了。告别校园，登上火车，走进漫长而又短暂的职业之旅。人到中年的你，早已是一名火车司机。从童年时听见火车的笛声，到一个人去看火车，再到第一次踏上列车去城里求学，似乎在恍惚间就完成了。

你现在是个开火车的人，火车已经成为你朝夕相处的伙伴。对于你来说，世界是安在轮子上的奔跑世界，日子是安在轮子上的穿梭的日子。

岁月忽略了昼夜晨昏，风雨阴晴。为着远方的目标，为着人间无数的寻求和回归，需要你，需要像你一样的男人不停地奔跑，奔跑。只有在繁忙和劳碌的小小间隙里，在火车驶过故乡身旁你偶尔的一瞥中，你才能看到时间飞速旋转的影子，才能听到时光掠过天空发出的呼呼风声。

一个人的火车岁月,就是这样。

童年的梦是一朵开放在幼稚年代的小花,少年的寻求是冥冥吸引中的浪漫期待,只有中年的忙碌是最坚实的土地,只有与火车日夜相守风雨兼程的孤独是最深刻的体验。然而,开火车的人啊,你从不惧怕奔赴远方的孤独!因为从最初听到遥远的汽笛声,你就坚信:美丽执着的火车一定会满载着人间的幸福,从远方归来……

哆啦A梦和时光机

周博文

那年我上小学六年级。在蔡静香来到我身边之前,我真的没发现班里还有一个叫蔡静香的女生。

蔡静香说她是转学来的,这我相信。她说她名字的由来是因为《机器猫》里有个叫"静香"的女生。这我倒是觉得很不靠谱,我那时想,她是为爸妈给她取了个不太洋气的名字找的借口。

蔡静香并不惹人注目,但她会尝试各种办法吸引人眼球。她没有近视,却架着一副没有镜片的黑框眼镜。那个眼镜大得吓人。蔡静香喜欢取下眼镜,把我的两只拳头死命地拽进镜框里,她喜欢我戴着"手铐"成为她俘虏的样子。后来我注意到,原来电视上的明星也流行那么戴眼镜。她扎两个小辫儿,穿一身水红色的连衣裙(连衣裙在那个时候已经不好买了,更别说水红色的,有的时候我会怀疑她妈妈是个裁缝)。她总在连衣裙里面套上一件纯白色的开领衬衫，偶尔还会戴一个水红色的鸭舌帽。很多时候，我不知道她到底是想把自己打扮成静香还是阿拉蕾。

上书法课是我最头疼的事儿。蔡静香总是让我写两份作业，而她呢，整节课都用毛笔在宣纸上画哆啦Ａ梦——睡着流口水的哆啦Ａ梦、看见美女的哆啦Ａ梦等等。她也画我，画我的时候就没有这么仁慈了。她会直接用毛笔在纸上给我描眉毛，或者给我画一个大大的眼镜。我分不清楚她到底是喜欢大雄多呢，还是蜡笔小新。

我总是被老师逮到。蔡静香画画的速度快到惊人，而且最后总是所有涂鸦的宣纸都安稳地摆到了我的桌子或凳子上，而我的毛笔字也在第一时间被她紧攥在手里。事实上，不管我选择坦白或者反抗，我都能胜利，因为老师是信任我的。但是我没有，每次我都心甘情愿地变成她的替罪羔羊。

蔡静香喜欢稀奇古怪的男生。她看上了坐在她前排的小豆芽。小豆芽大脑袋、小寸头、长睫毛、大眼睛。他身体极瘦，一般人在看到他脑袋之后都不敢再往下看。我老觉得，在小豆芽站立的地方不能起风，要不他会像蒲公英一样飘走的。

小豆芽成绩很差，但怪就怪在他成绩那么差还极力想在老师面前表现自己。每次上课，老师一有问题他都会第一时间举起双手（他怕由于自己坐在后排老师看不见）。小豆芽总是闹笑话。

我记得有几次，老师叫他起来回答问题，他却一脸无辜地用小手抚弄着后脑勺对老师说：老师……我还没有……想好。

蔡静香老是向我打听小豆芽喜欢什么。我怎么会知道？即使我知道了，我也不会告诉她。但是如果我不向蔡静香透露小豆芽的兴趣爱好的话，她就会用尽各种方法对付我，如用圆珠笔往我身上文身，用水彩笔给我涂口红，用钢笔在我手腕上画一个劳力士手表。

小豆芽没有朋友。除了一直想和他做朋友的蔡静香。蔡静香总是弄巧成拙。她竟然把水红色的连衣裙撕下一圈裙摆，给小豆芽捆在额头上，还给小豆芽买了一个青绿色的书包。在她的打造之下，小豆芽简直化身成英武的忍者神龟了。但是小豆芽并不喜欢这样，到后来，只要一见到蔡静香，他就会跑到教室的墙角蹲下。蔡静香一有动作，他就哇哇哇地大哭起来。

小豆芽总是被班里其他同学拿来取笑。蔡静香总会和他们生出好多事端。可是小豆芽并不领情。我老是觉得，小豆芽的内心没人能进入，就像我没法进入蔡静香的心里一样。

蔡静香要过十一岁生日了。她的生日同学里头只有我一个知道。我开始节省早餐费。我每天都把一块钱掰成两半花，一半自己用来买早餐，另一半呢，存起来。我想给静香买个水果蛋糕，甚至早就想好了水果蛋糕的样子。我会让蛋糕店老板在蛋糕上画上一个大大的哆啦Ａ梦，还有能让那些美梦成真的四次元口袋。

我想三十块钱是足够买一个一磅的水果蛋糕了，可是……

我就像一只犯了错的猫，瞪着自己大圆眼睛跟老板说：老板，我真的没钱了。我把手放进两侧衣袋，把衣袋翻开给老板看。老板叼着烟斗一副不以为然的样子。我说：我可以给你打两天工，来补余下的钱。老板说他不收童工，不过蛋糕可以卖给我。因为我没有付加工费，整个蛋糕只能我亲自动手做。

我乐开了花。但我发现，老板给我的那些奶油根本不够用，整个蛋糕我没有裱上一朵鲜花。我努力地在洁白的蛋糕上画下哆啦Ａ梦的样子，但这并不容易。当整个蛋糕展现在静香眼前的时候，哆啦Ａ梦已经和"蔡静香祝你生日快乐"这几个字交缠在一起了。如果硬要把蛋糕和某个人物拉到一起的话，我觉得黑面包公倒还有点儿像。

蔡静香一拳挥到我肚子上：天呐！臭小子今天你生日啊！然后她把蛋糕抢过去。她居然一点儿一点儿地喂给小豆芽。剩下他们没吃完的一大半呢，被她一点儿不剩地涂在我脸上了。看着我滑稽的样子，她差点儿笑晕过去：你是我的大卫，哈哈。于是，她拉着她的"大卫"当街"游行"。虽然这样，我也发现有那么一刻，自己是快乐的。

放学的时候，小豆芽蹦蹦跳跳地跑到我面前。我真没有想到，他竟为我保存了一小块儿蛋糕。虽然那个蛋糕本就是我买的，更何况他从衣兜里拿出来的时候已经扁了。他笑着对我说祝你生日快乐，我没好气地说，哦，谢谢你豆芽菜。但其实那天根本不是我的生日。

毕业前夕，我们再次聚在了一起，像三个正常的小孩。

我们躺在学校的绿荫下。六月的阳光抚摸着我们的脸颊，呼吸的都是阳光的味道。蔡静香说她想要个机器猫，每天快快乐乐无忧无虑；豆芽说他想要个四次元口袋，想在里面掏出好多好多的钞票。蔡静香说她以后能挣很多很多钱，她就是豆芽的四次元口袋。我心里酸酸的，说我只能要个时光机了，如果你们需要的话，我会拿着时光机，依旧守在那个太阳初升的地方，等着你们——我的蔡静香和小豆芽。

时间要带我们去到哪里，它能走多久，它要走多远。回忆爱把生命切成一个个零落的片段，散落在我们行走的青春路上。

生活分开了我们。我被那些自以为是的大人带到了私立中学。我再也没有回过之前学习生活的地方。

静香的十二岁、十三岁……是否还会收到别人送的水果蛋糕？

哭鼻子的小豆芽是否还在被人取笑？

好多的是否，它们在敲击着我的心。

那些曾经的年少,那些属于青春的颜色,那个静香,那个小豆芽,依然还在时光的那端,或者只是静静地停留在我心里。就好像我看见,三只相行相偎的白鸽,它们撕开了云朵的衣角,正一路飞往纯净天堂。

滴雨的时光

潘云贵

下雨天,我喜欢独自一人坐在窗边。

水蓝色的玻璃滑落下细碎的雨滴,风里,像一颗颗水晶般被细线串着,发出银白色的亮光。我喜欢看着这些光亮的珠子从高处撒落一地。它们仿佛是内心的一双双眼睛挣脱开沉重的肉体而来到这大千世界里观望与感知。那些悲欢故事、爱恨情仇伴随雨滴静静落在枝叶上,似乎是清醒的旅人——风中,他们来到我身边,在指尖停了停,又在我不注意的时候悄悄辞行。

细雨在瓦砾上弹唱,留下的水痕宛如花猫的爪子抓出的微小痕迹。那些零碎而潮湿的时间,摇摆成深海发亮的带鱼,狭长的身体穿过生命的旷野。雨声里,我们似乎又回到那些天真无邪的过去,被父母老师时时叮嘱的日子,简单而快乐的如风岁月。

幼年时,我常常不喜欢在雨天上学,编了各种理由要父母去学校请假,然后再偷偷溜出门和几个死党跑到山上玩耍。因为下雨的缘故,山上行人渐少,很多看守果园的师傅也都不在。我们可以趁这会儿爬上果树去摘香甜的果实。那时,正值盛夏,龙眼树在瓷白的小花谢后结出了满树满树的小果子,星星一般坠着,这边一串、那边一串,看得人眼花缭乱、口水直流。我们很快展开攻势,有爬上树摘的,有拿出书包在树下接的,也有俯下身匆匆捡的。掂量着手心里沉沉的果实,我们禁不住把它们一颗一颗剥开。嫩白香甜的果肉像是世界上最大的珍珠,我们睁大了眼睛看着,然后把它们一口一口吞进肚子里。有时一些馋嘴的伙伴在回家的半路上吃得有些急了,没尝到味,便又建议大家再去山上摘一些。儿时的我们总是不知道满足,偶尔运气不好便会被看守的大人发现,拿着竹鞭在我们屁股后面追着,不时骂出几句难听的话来。我们嘻嘻笑着,爬到大老远的山坡上丢给他一个鬼脸。这样常常会误了时辰,回家自然也逃不过父母的竹鞭。细长而苍翠的鞭条,在很长的一段时间里,是一道让我们又畏惧又憎恨的影子。

很多时候,我还是会想起雨天自己躲在一棵大榕树下避雨的情景。鸟儿在这时并不飞行,只在自己的巢边安静地整理着羽毛,清脆的叫声如风铃一样在空气中回荡。近处一些无人居住的房屋,斑驳的墙壁上不知不觉间又爬上了一层青苔,翡翠一般亮眼。榕树茂密的叶子在头上簇拥着，犹如一把巨大的伞，给我遮挡了许多风雨。母亲在远处大声唤着我的小名，急急地走来，把我拥入怀里抚摸着。我一时间感觉自己像极了一只雏鸟。母亲问："走的时候怎么不拿伞？"我笑着回答："嫌麻烦。"她笑了笑，又轻轻摸着我的头，说："你这孩子，真拿你没办法。"雨水漫过了路面，道旁的一些小花倒是开得很艳。母亲撑着伞，并不断把伞倾到我这头。我感觉母亲原来就是一棵长在自己身边的榕树。

年少的雨天里，我也特别喜欢睡觉。一个人躺在床上，周围一片寂静，只听着瓦砾上被雨敲打出的旋律，自己像一艘小船漂浮在透明的海上。风从树梢吹过，掀起了路上很多孩子的红领巾和白色的衣角。姐姐在隔壁房间一边做作业一边听歌，不时哼出几句悦耳的词，像她手上戴着的银镯子触碰出的声响。奶奶在屋檐斜出的池子边浆洗祖父留下的棉布小衫，那些经岁月沉淀后的浅蓝色在水中潺潺流着。我微微闭上眼睛，很快就睡着了。雨中芭蕉铜绿，石桥边有人打着油纸伞轻轻踩着时光的路基。花红柳绿的田垄边，溪水潺潺流经时间的河道，有许多年轻的心事闪烁出晶莹的光芒。

梦里，时间成了快乐的鱼群，它带我不断地在雨水中穿梭过美丽的大海。那些翻腾起的浪花、银白色的月光，还有珊瑚、小岛和贝壳，都像一枚枚徽章别在我的胸口。我梦到学校放了好长好长的假，许多小伙伴都在树下捉迷藏、玩弹珠；我梦到那公园里的秋千在风里兀自摆动，终于没有谁要和我争抢；我梦到自己养了一只和哆啦A梦一样的小猫，它送给我的魔方，六个面都是纯白色的……

风把雨滴吹成长线，逐渐茂盛起来的树把清晰的叶脉藏在阴影之中。天晴朗了，纯白的阳光开始在黝黑的枝头上点缀出朵朵繁花。我们湿漉漉的光阴也都要过去了。

但我在长大后依旧很想念这样滴水的时光，甜蜜、无忧、寂静，又带着雨水般的明亮。它们像极了自己年少时夹在书里的糖纸，或蔚蓝，或青绿，或橙黄，或绯红……美得让人难忘。

繁忙世事里，听着雨声，追忆似水年华，我们能从中寻得世间的一种温暖，那是来自生命的一抹芳华。

奔

杨闻韶

我渴望飞奔

我渴望飞奔

野花和百草的芬芳

阳光在冻结的冰里渗透

流水轻轻地醒来

泥土轻轻地醒来

白云,飞鸟,天空

一切轻轻地醒来

光一样的露水,湿润的雨

屋檐下午后这样安静

可我再无法踏着雨后的积水

踏着层层涟漪

白日的光，无限的暖照

解开牢笼的束缚，我渴望飞奔

被四月的梅雨灌注

我睡在有着青草和蛙声的梦

奔向夏天，每一个山坡

奔向风

娘下地还没回来

仲 彦

一

脚步越远,离家越近。
故乡越近,心跳越痛。

二

生长炊烟的地方,春种秋收的地方,早出晚归的地方,这就是娘亲的村庄。

踩下坑坑洼洼脚印的地方,生长炊烟和粮仓的地方,一次次在梦里轻轻呼唤的地方,这就是我的家乡。

娘亲一生都在这里忙着种庄稼,娘亲一生都在这里忙着养孩子。

娘亲种活的五谷,生生世世,离不开娘亲。

娘亲养大的孩子,撒在命运这丘田里,苦做苦吃的,活在四面八方。

娘亲喊孩子,在心里,亲了又亲;孩子喊亲娘,在梦中,一声又一声……

三

不必想,就知道,娘亲仍然每天会和早起的露水一起在地里不停流汗。娘亲流下的汗珠,就像她地里的庄稼。庄稼一行接着一行,在土里生根,在汗水做成的肥料中成长。

不用想就知道,娘亲每天都用黄昏收割炊烟和稻香。

娘亲早出晚归的一年四季,像她身上的衣服,青片补了,蓝片又补。娘亲缝缝补补的村庄,像一丘丘稻田,五彩斑斓,上面粘着泥巴,更粘着汗水。

我是她的第二个儿子,和她的庄稼一样,被人生一天天收割着,和她的谷子一起,和她的大豆、小麦一起,走了好远好远的路,就在今天,像头顶轮回的冬天,又回到了老地方……

四

村庄很静。灶头很静。

娘亲,站在地里,还没回来。

此时,娘亲,在家乡的田野里,匆匆忙着。

五

娘亲满头白霜,拖着操劳的身体,此时正站在冬天肃杀的田野里。

天空,像我的心,很空,很空。

大地,冰冷的皮肤,裂开一片片冻伤的茧壳。

苍天不语。大地无言。

六

田野,呼呼啦啦的寒冬,飘荡在昏暗的上空。

风,缓缓地滑过带着颤抖的低音。我看见冬天的冷,在空中,随着北风,低低地,低低地飞翔。

田野,撕开大地的茧壳,露出冰冷的酱黑,冬天,翻耕的这些泥土，瑟缩在凝固的空气里，被坚硬的冰冷，一块块冻住。

雨和黄昏，还在落下，落入大地。

凛冽的风雨，像一粒粒寒冷的呼吸，所有的热量都飞走了，只有娘亲还留在田野，像稻草人那样留下，背影犹如冰铸。

为什么还不回家啊？我的土地之上，含辛茹苦的娘亲，立在北风之中，比稻草人单薄，但却比稻草人更加忠诚执着地，守着她生命的大地。

七

冬天，寒冷的收成，和时令一样，缓慢生长。

油菜，种活的青枝绿叶，从泥土之中，长出坚强的笑脸。旁边的杂草，双手推开低低的风声，长满杂乱无章的思想。大地，萧瑟而又零乱，像受创的心灵，需要娘亲，用勤劳的汗水和朴素的真理，带领手中的锄头，重塑面貌。

就是那些杂草，牵绊着娘亲的脚步，让她走不回家。

这么久了，我的娘亲，还站在地里，面对寒冷的冬天，一次次挥动朴素的真理，抚平大地的荒芜。

娘亲种出的风调雨顺，给予我在人世间活下去的希望。

请大地为我作证，远方，痛苦和呐喊，刻痛的伤心和往事……住在流浪的旅途上，没带回家。

古老的村子，娘亲住着的地方，庄稼活着的地方，大地上种满油菜的地方，娘亲还在风中，一遍遍清除着冬天的杂草，清除着我思想的疼痛。

我亲爱的娘亲，这么多年，为了让她心爱的儿女衣食无忧，她下地还没回来。

八

田野，感受着娘亲的心跳。

五谷，感受着娘亲的呼吸。

此时，娘亲还站在大地中央，一个人面对着寒风呼啸的冬天，艰难种植着丰收的希望。

真的舍不得回家，真的只想好好陪着面前的土地，活完她的生生世世，活完她的地老天荒。

汗水种活的冬种，血肉养大的家乡，我们真的很痛，我们真的还在疼痛。

九

想起娘亲，这么老了还在田里操劳，我除了牵挂，除了流泪，除了写下我痛痛的伤感……

不知道还能做什么。

我知道，一朵朵茧壳做成的衣裳，已经裹不热娘亲冬天受冻的身体。

我知道，一块块土疙瘩，就已经让娘在风中冻了很久，还不能回来。

为什么还不回来啊，娘亲？我是您的儿子，现在，从城里坐着汽车回来了很久，还没见您回来。

十

村庄很静。灶头很静。

娘亲，其实早就知道，我今天回来。

娘亲，把她平常舍不得吃的东西，全都摆成满满的一桌，还没等到我回来，就走出山寨，来到她一生迷恋的土地。

我知道，那里，安放着她的灵魂。

我知道，那里，刻着她酸甜苦辣的过去，刻着她生死相依的未来。

望着餐桌上浓浓的母爱,我的眼泪,早已流干。我想说的话,说了千遍万遍。娘亲,在地里,还是没有回来。

娘亲还站在地里,一遍又一遍地,匆匆忙着。

十一

天,仍然很冷。娘亲劳累的身子,仍然艰难地耕种着眼前那一寸寸土地。

土地,种下的希望,多么肥沃。不愧娘亲用汗水,浸泡了那么多年。

十二

时间,缓缓爬上岁月的额头。

黄昏,还在下着,凛冽的暗淡。黑暗,一点点儿凝固着,冰冻的田野,大地的黄昏,无边无际。

低沉而古老的大风,还撕扯着冻僵的寒冷,这些空中飘飞的冬天,终于,把娘亲,从田里,接了回来。

娘亲,在风中,慢慢变老。看着娘亲拖着残存的岁月,出现在我颤抖的呼唤里,大地和我,流下了热泪。

十三

没机会和娘亲说话,其实,娘亲本来就很少对我说话。

娘亲在我面前,总是习惯沉默。

娘亲的语言,都种进了地里。就如她手中的锄头,一年四季,住在田野,不言不语。

娘亲一生,就这样,用她的锄头,轻轻敲打着我的头颅和四肢,敲打我思想之中黑暗的骨髓。

娘亲只是叫她地里的庄稼和我说话,庄稼总是会用娘的语气说:人不管走到哪里,都有根,都要像娘亲一样,深深地扎进面前的土地。

奶奶的情人

禾 木

如今，奶奶已经离开我，搬去别的地方住。

没有奶奶的陪伴，我开始迷恋一些肤浅又耗时的活动，比如搭配衣服。

我常常把衣柜里的衣服——哦不，严格来说，我没有自己的专属衣柜——我的衣服栖居在木沙发座下的抽屉里，栖居在床头柜里，栖居在父母的衣柜里，或者干脆栖居在我的枕边，栖居在木椅靠背上……或躺，或挂，曝露在尘埃飞扬的空气中。我把它们从房间里的各个角落搜出来，像强迫症患者一样，漏掉一件就浑身不舒服。它们被我杂乱地堆放在床上，像一座小山——质地是柔软的，颜色是缤纷的，大概是小山亿万年前或者亿万年后的样子。

我接着一件件试穿。同一件上衣搭配不同的裤子、不同的外套，每次都呈现出不同的面貌，要是再加上围巾、帽子、墨镜、黑框眼镜等配件，又有新的火花擦撞出来。这是搭配衣服的乐趣，也是最为耗时的环节。家里没有落地镜。为了看到全身效果，我不得不在镜子前不断地前后移动。有时候，我会满意地笑，那说明我已经想好这套衣服可以在什么场合穿，可以穿着见什么样的人，搭配什么样的表情，发展什么样的剧情；还有些时候，我会沮丧得直摇头，那说明我对镜中自己的脸感到失望透顶，顷刻间觉得再怎么搭配也是枉然。

这项活动我只会在家里没人的情况下进行，通常是周末上午，趁父母出门买菜的空当。时间总是不够用。灵感尚在喷薄而出，我就听到钥匙扭动门锁的声音——父母回来了，他们与我仅一门之隔。这让我由衷地慌乱，不知所措。散落四处的衣服、裤子是我推卸不了的罪证——上面有我的气味，有我的指纹，有我的判断，有我的思想，有我的意乱情迷与心猿意马……总之，赖不掉的。

我每次搭配衣服时都很放感情，仿佛在悉心准备一场约会。待最后一个细节敲定，我对着镜子自信地眨眨眼睛，好像下一秒即将拂袖而去，奔赴情人热烈的怀抱。

情人？这个听上去被划分在成人范畴内的词，我很小就知道了。从那只需一张襁褓即能严严实实裹住我柔软四肢的婴儿时代起，我就像爱着情人一样，爱着我的奶奶。

奶奶搬走了，让我想起她的东西却不少。

比如，住在一楼的奶奶，她是让我想起自己奶奶的活标本。天晴的黄昏，她会搬一张椅子放在楼梯口，坐在上面沉默地看着街道上人来车往；天阴的黄昏，她把椅子放在自家门口，照旧沉默地独自坐着——这样视野虽不及坐在楼梯口时开阔，但不打紧，因为她的目光始终是向前的、穿透的。无论是路过一个人，还是驶过一辆车，她的目光都不会跟着走丢了。

前方究竟有什么？毋庸置疑，在我眼中，前方就是指马路对面。以前那儿有一个公交车站，站牌立在一棵绿油油的大树旁边，日晒雨淋之后变得锈迹斑斑。在这座城市里，会深入居民区的公交车不多见，偏偏那趟六字打头的公交车还会途经附近一家超级市场。于是，公交车站每天都热热闹闹的，总有人上车、下车。几年之后，公交车改变线路，没有了熙熙攘攘等公车的乘客，马路对面的商铺显现出来。麻将馆、理发屋、五金店、按摩室……要细数那间几米见方的商铺之变迁，还真不容易。那间商铺跟我一样，一天天发生变化，时好时坏的变化。貌似只有位于二楼的茶座经营时间最长，从我记事起至今，夜夜笙歌，从未间断。唱歌的人换了一拨又一拨，歌单更新了一次又一次，点唱频率最高的仍是几首经典老歌。被动灌输得多了，我都能哼出十之八九。最爱去消费的是中年人。他们唱歌很有特色，男人带着张学友式的哭腔，女人张嘴就成一朵风中孤芳自赏、黯然凋零的红花，唱到情深意浓处，免不了出现几个突兀的破音，不悦耳，也谈不上难听——就像他们中大多数人发福的身材与庸常的生活，让后生晚辈一看，只会觉得合理，不会再有其他情绪。店铺旁边是水泥阶梯，通往另一片住宅区。再往上，是被横七竖八的深色电缆割裂成碎片的天空——燕雀明明自由自在地飞翔，偶尔气定神闲地立在电缆上休息，从人眼看去却像挣扎在网中。

　　住在一楼的奶奶一直盯着前方看。那前方那么近，起身慢悠悠地走几步就能抵达；那前方那么远，拼了命地追啊赶啊，都赶不上弹指一挥间的时光所带来的改变。我曾天真地以为她在等人，当我长大一些，才明白她不过是在欣赏，并且试着理解黎明的头发是如何不动声色地变成黄昏的胡须。

　　她也并非对周遭一切均漠不关心。我每次经过她身边时，她都会下意识地缩一下腿。实际上，她完全没必要这么做，我根本不会踏足她的"地盘"，我们之间的距离非常安全。然而，她执意如此，不是为了宣示主权，而是为了表明存在，就像小孩子为引起关注，无视老师的批评，非要在课堂上大吵大闹一样。

　　找不到存在感着实是一件可怕的事，对于独居老人来说更是如此。他们的活动范围有限，说话含糊不清，表情失去了生气，肢体与神经容易疲累……渐渐地，他们跟这个世界的联系越来越薄弱，薄弱得一如他们浅浅的呼吸，随时可能没入永恒的黑夜。年轻人越来越少地注意到他们，或有意无意地跟他们划清界限。

习惯于画地为牢者如住在一楼的奶奶，她日益萎缩的身体常常与棕色木椅一同出现。时日久矣，木椅光滑得如同她松弛、温热的皮肤；她身体上盘错的皱纹如同木椅纵横的纹路——彼此缠绵，难舍难分，在年轻人眼中好似一体。习惯于四处走动者如我的奶奶，她喜欢在晨光熹微的黎明出发，从南走到北，从东走到西，漫无目的，再赶在年轻人大规模涌上街之前归巢——若舍弃沉重年迈的肉身，她就像行迹无踪的空气。

奶奶住得离我家不近。惭愧得很，我去看她的次数有限，而且还总选在情绪低落之际。我是故意这么做的——当情绪低落到某个临界点、负能量无从排解时，我便提上两份小吃、一袋水果前往奶奶家，在昏暗狭小的老屋子里消磨好几个小时。对我而言，奶奶是天生的治愈系。她戴着玫瑰色的眼镜凝视蓝色的我，因此我在她眼中也成了玫瑰色。我看着她眼中倒映出来的玫瑰色人儿，那蓝色的情绪当真烟消云散。

奶奶通常不会对我的到来表现出太大热情，但我能看出来，她是开心的——不用再跟不会说话的锅碗瓢盆对话，得到的回应也不是窗外枝摇叶动的细响，她自然开心。奶奶有慧眼，有慧根，她看得到的东西我看不到——她一见面就说我瘦了，说我高了……好像一眼就看穿我的皮囊，看到我骨骼的走向。大概是由于我们都热衷于讨论过去的好的故事，因此尽管她不能完全理解我的苦闷，我不能完全理解她的孤独，我们之间的沟通仍十分顺畅。

那些好的故事，当然是发生在最美好的时光里——那时我还没长大，奶奶还没变老，我们相依为命，连辗转搬家也相依相随，同进同退。

我大概小学四年级时送给奶奶的电子表，奶奶如今仍每日随身携带，其间差不多已经十年过去。奶奶不止一次地跟我讲她拿着电子表去老表匠那儿换电池的故事。她每换一次电池，故事就增加一小节。故事里的天气从晴日变成雨天，季节从盛夏更迭至寒冬，配角日益增多……我每次都能听到新剧情，这个故事仿佛讲一千零一夜也讲不完。

每每从奶奶家离开之后，我免不了要怀着复杂的饱满的心情想起她——想到她孤零零地住在空荡荡的屋子里，不禁泪盈于睫；想到她朴实的乐观与善良，想到她在我临走前总安慰我过日子要放宽心，想到她有一次挽着我的手散步时突然停下来言之凿凿地说："你知道吗，再过几十年世界会发生巨变……"

我便再也忍不住要破涕为笑。

奶奶怎么会一个人住呢？这并非三言两语能概括清楚的，若打破砂锅问到底，势必牵扯出父辈兄弟姐妹间的恩怨，我追究不来。

我永远也忘不了奶奶从我身边正式搬离的那一天。那是一个秋日午后，天阴，闷热。遇上这种天气，家长一般会要求孩子穿一件单衣、带一把雨伞——至少奶奶是这么做的。那天，我吃过午饭后，一双手无聊地摆弄长袖袖口，无心睡眠，磨蹭到不得不出门上学的时候起身去阳台找雨伞。这几天，奶奶已经不住在家里了。我尚小，没心没肺的，谈不上想念有多浓，只会规规矩矩地按奶奶照顾我的方式生活。我一眼就看到窗台上的雨伞——这也是奶奶的功劳，她细心地把我常用的东西整理好，放在我看得到、够得着的地方。想到这个，我一个头变成两个大：以后要自己给各种玩意儿一个个安家，可如何是好？

门突然被推开。我循声望去，望见奶奶站在门口。才几天不见，奶奶憔悴多了，头发全白了，牙齿掉光了，双眼不再有神，腿脚不再灵活……打住，事实没有这么夸张。眼前的奶奶跟几天前没什么差别。地心引力一如既往的公平，并未由于奶奶伤心、失落就放过她下垂的乳房，同样的，也不至于拖垮她那颗坚不可摧又情感丰沛的少女心——自从爷爷早早地过世之后，奶奶独自拉扯着三个儿女长大，没有改嫁，没有寄人篱下，便是靠着那颗心熬过了多年的大风大浪。

我愣在原地。风透过薄薄的纱窗吹动窗帘，吹向我的眼睛，持续不断，似乎要把我的热泪一颗颗吹下来。奶奶在呼唤我，我却迈不开脚步，因为我一偏头就看到了她身后那个大大的行李箱。那个行李箱实在太大，目测大到可以装得下新娘的嫁妆，装得下我全部爱而求不得的玩具，装得下所罗门国王的宝藏……大到可以装得下甜蜜的过往与回忆的尸体——也许是我太小了吧，小小的个子，小小的心脏，没见过世面，看到一个跟我差不多大小的行李箱就受不了，胸腔里瞬间溢满忧伤，舌尖上顷刻挤满渴望——我想祈求奶奶把我装进行李箱一并带走。可偏偏在这种关键时刻，我一句话都说不出口。

"我今天是回来拿衣服、被子的……以后，我就不住这里了。你要好好学习，听爸爸妈妈的话……"奶奶见我不肯过去，边说边向我招手示意。我没哭，可她在我眼中确确实实变得模糊了，好像我在一步步往前，她却在一步步退后，真奇怪。当我触摸到奶奶像老树皮般苍老起皱的双手时，奶奶俯下身子，稳稳地扶住我的肩膀，闭上双眼，向我重重地吻下来。我当下蒙了，双颊滚烫，本来就笨拙的舌头打结得更加厉害。回过神来，我发现奶奶早已哽咽，泪珠如同断线的珍珠般掉落，那梨花带雨的模样跟我第一次下定决心要跟她相依为命的那天一样美。奶奶竭力地控制着自己的情绪,眼见我再不出发的话下午上学就会迟到,赶紧掏出一叠零钱,塞进我口袋,嘱咐我路上注意安全,继而把我推出门外。

奶奶真是酷毙了!我在上学路上一直这么想,心里还有一丝丝窃喜——虽然世事无常,有情人不能终成眷属,但我好歹确定了奶奶对我的感受——原来她也一直像爱着情人一样,爱着我。

没错,我是在奶奶搬走之后才迷上搭配衣服这项肤浅又耗时的活动的。

旧衣服短了、小了,或终于刚刚合身……在换衣服的过程中,我直观地感受到变化与成长,迫不及待地想与人分享。有些人,让我想要洗干净脸后去见面;有些人,让我想要剪完指甲后去见面;有些人,让我想要换个发型后去见面;有些人,让我想要置套新装后去见面;有些人,让我想要理想达成后去见面……我希望被人看到的变化是那些表面的、具象的变化。只有自己,我面对自己时从来都是蓬头垢面的,因为内里的、细微的变化第三者难以察觉,只有我自己可以看到。除我之外只有奶奶,我面对奶奶时从来都是坦诚赤裸的,因为任何变化都难以逃出她的火眼金睛。

我好希望自己有一天能够脱胎换骨，作为一个从头到脚都是崭新的人，带着上辈子的回忆与下辈子的愿景，与奶奶相逢在今生今世。

住在一楼的奶奶偶尔会抽烟解闷。

她用细瘦的手指夹着香烟，脸上交错的细纹被缓缓升腾、扩散的烟圈氤氲成一幅山河图，乍看之下颇有几分没落的风情，不禁让我在想起奶奶之余，想到法国女作家杜拉斯。不过，无论如何，她可没杜拉斯与我奶奶那么幸运——至少，我从未见过有人翻过时间的藩篱，穿越岁月的惊风密雨，把嘴唇凑到她耳边，像说绵绵情话一样告诉她："我认识你，我永远记得你。那时候，你还很年轻，人人都说你美，现在我是特地来告诉你，对我来说，我觉得现在你比年轻的时候更美，那时你是年轻女人，与那时的面貌相比，我更爱你现在备受摧残的面容。"

你有乡村暑假吗?

小山 萧萍

亲爱的萧萍:

不知道孩子们假日都怎么过?我真是希望他们都有个无忧无虑的乡村暑假啊!他们若是真的能到乡下,就会看到许多有趣的禽鸟虫鱼,大鹅、鸭子、母鸡、山雀、金龟子、蚂蚱、萤火虫、蝌蚪、鱼群,还有兔子、山羊、毛驴、小猪,说不定还能遇到草丛里的刺猬和松鼠哩,这些动物在城市里是几乎见不到的。虽然孩子们在书本里也可以知道它们,但是身临其境,亲眼见到,还和它们玩耍、交朋友,那是绝对不一样的新鲜感受啊!

我女儿小时候去乡下外婆家,很快她就和一只小鹅成了密友,白天晚上与小鹅形影不离,睡觉时,也将小鹅放在身边的纸箱里。在乡下,我女儿似乎比在城里欢乐得多,每天她都有看不完的新奇东西,小手里不是抓着一只螳螂在瞧,就是端着一小碗蝌蚪在打量，那种兴奋着迷的神态，好像换了一个人似的。多年后，她还能讲述她在乡下遇见的小生命，这些记忆一直伴随她长大。每次听她反复说起这种快乐，我都在想，如果没有给过她这种乡村的经历，我会多么亏欠她啊！这不是几本书就能满足的好奇心，她和小动物结成的友爱，在她心里形成的善良感情，更是成为无法替代的、珍贵的生命印记。

我想，你的童年也有和动物之间暖心的故事吧？讲给我们共同面对的小读者吧！

爱你的小山
美猴年红掌月故园日

亲爱的小山：

读你的来信，心里既快乐又满足。

无独有偶，我小时候对鹅最深的印象是在奶奶家，邻居的小伙伴想偷鹅蛋，鹅妈妈和他拼命，疯了一样见人就啄，我的小伙伴号啕大哭，因为他的拇指被啄得流血。直到后来我们都各自当了妈妈爸爸，小伙伴还给我看拇指上的疤，感叹着可怜天下父母心，而我们的回忆里是满满的关于大白鹅的温暖回忆：跟屁虫一样去打水啦，和外来的狗打架啦，在园子里从容不迫地散步啦，掉了钱币的时候还会伸长脖子叫你回头啊……

就像你说的,和动物亲近是孩子的本能,无论是善良还是顽劣,他们都能从动物身上找到自己的影子,找到一种心灵的慰藉。

我最近看了著名作家金波先生的一组描写昆虫的美文,知道他正在完成一本叫《昆虫印象》的书,心里非常期待。我看了其中片段,那是关于五只小瓢虫的故事,语言朴素生动,描写细腻优美,关于生命,也关于爱。特别是看到金波先生把其中一只瓢虫爱怜地托在掌心,用体温暖着它,让它苏醒;看到互不相识的五只小瓢虫在玻璃杯里相互依偎"就像盛开的花瓣儿排列组合成了一个花朵的图形",我禁不住怦然心动!啊,孩子们,你们真的应该好好读一读这样的美文,或许你们就会明白,为什么世界上会有像金波爷爷这样的儿童文学作家,他们终其一生要做的,不就是要当大自然这本文学书最忠实的搬运工吗?

你的朋友萧萍

美猴年黄兰月重阳日

冬日熬糖香

宫凤华

汪曾祺先生在《炒米和焦屑》一文中写道:"炒米是各地都有的。但是很多地方都做成了炒米糖。这是很便宜的食品。孩子买了,咯咯地嚼着。"熬炒米糖是我童年生活中一抹深刻而悠远的记忆。

旧日乡村,到了寒冬,我们就要兑糖丝了。

平时家里碾米了,母亲就会把筛下的碎米攒起来,装进罐子里,留着兑糖丝。我们背着米袋子,跑几里路,到镇上的粮管所兑糖丝。三斤碎米兑一斤糖丝,不给加工费。一路上总是累得人仰马翻。但一想起喷香的炒米糖,脚下不知哪儿又冒出劲儿。

家乡四时八节均有炸炒米的,过年之前家家准炸上几锅,用来熬炒米糖和花生糖哩。随着炸炒米的师傅高喊一声:"响呦——"轰一声,一股浓烟升起,我们松开紧捂耳朵的小手,蹦跳着,一头扎进白雾里,拼命地吸着热乎乎、香喷喷的炒米香,一种说不出的舒坦和惬意流遍全身。空气中的香甜伴随着孩子们的欢呼声弥漫,捧把炒米塞进嘴里,那满嘴的香、甜、酥、脆,让我们有说不出的幸福感在心底荡漾。

熬糖丝多在寒冷的冬夜里。在黑黢黢的土灶上置一口大铁锅,倒些冷水,再倒进糖丝,搅匀。旺火烧煮,黄豆秸燃烧时毕毕剥剥作响,屋子里弥漫着甜味和烟味。父亲用铜铲子不断地在锅里搅拌,里面掺些姜末、橘子皮、红枣,适时添进半铲猪油。最后把炒米倒入锅内搅匀。桑木桌上放一块案板,抹上菜油,四周用木框固定好,盛入滚热的炒米糖,用木板使劲来回滚平。

磨得锋利的菜刀也抹上菜油,等到糖半冷不热的时候,父亲拿出模子,用刀切成小块的长方形或正方形,手起刀落,动作迅疾。父亲躬身在桑木桌上切炒米糖时的专注令我们也屏气凝神,生怕刀走歪了,切下的炒米糖大小不一。

熬好的炒米糖,吃起来,脆香爽口,咬得咯嘣咯嘣的。花生裹上糖浆,切成小片就是花生糖,入口脆甜。黑色的芝麻浇上糖浆,切成小片就是芝麻糖,咬一口,香甜酥脆,舌尖上的味蕾自是百转千回。

熬炒米糖的那个晚上,逼仄的土灶间,铁铲在锅里呼啦呼啦翻动着，咔嚓咔嚓的刀切声，风箱的吧哒吧哒声，柴禾的毕毕剥剥声，我们的笑语声，组成了一首暖心的交响曲。

熬糖是一个恬静、幸福的细节，里面蕴藏着温暖的亲情，是舌尖上梦魂牵绕的故乡。那样的冬夜里，我们不停地吸溜着鼻子，拼命饱吸着那浓郁的甜香，一切烦恼和贫困都在温暖的润泽中变成天边的一片云，飘远了。冬天的寒冷在泛着昏黄灯光的茅草屋里化作灶膛里旺旺的火苗，化作爷爷面颊上忙碌滚动的汗水，化作我们嚼着炒米糖时脸上绽放的朵朵红晕。

而今，那种阳光般简单明快的幸福感和快乐感，日渐湮灭于浮躁而喧嚣的现实生活中。陪朋友逛超市，漫步于琳琅满目的商品间，偶有包装精美的炒米糖赫然入目，心中便涌起感念的潮水，一股乡愁倏忽从心底传遍全身。

梁实秋先生说："味至浓时即家乡。"清寒的冬夜，我特别想念散在乡村里的浓郁纯正的味道。偶尔从超市购回来的炒米糖和芝麻糖，令我的思绪一下子回到故乡，浓郁的糖香芬芳着陈年的梦，成了一种留在心底最温馨的回忆。

少年不识寒酸味

张寄寒

一

我读小学三年级时,每天放晚学之后回家,都要经过一条长长的石板街,街上摆满了各种小摊。因为家里穷,妈妈从来不给零花钱,对于小摊上的各种零食我从来不敢奢望。不过,我对一家小书店特别留恋,每次走过,总要停住脚步,那一本本五颜六色的连环画像磁铁一样吸引我,我左看右看,依依不舍。有一天放晚学,我随同桌阿平走进了小书店,阿平在琳琅满目的连环画中东挑西挑,我抬头望着高高的书柜里那一套套《红楼梦》《三国演义》《水浒传》《西游记》,心中除了羡慕,不敢有任何非分之想。阿平租了一本《武松打虎》,交给店主登记后付钱。我随阿平离开小书店,阿平迫不及待,就在离小书店不远的桥头石阶上坐下来。我和阿平并排坐着,他边看边读文字，有时他读得慢，我却早已看完，只好耐心等待。一本薄薄的《武松打虎》让我们看到天黑，武松手中的木棒还没打下去，连环画上一片漆黑，我们只好依依不舍地各自回家。

次日早晨上学，阿平把连环画交给我，我利用下课时间把未看完的《武松打虎》继续看完。阿平养成了习惯，一到放晚学，走过小书店，总要租一本回家，一路上总让我和他一起看，一起笑，一起哭，一起恨，一起爱。每次看完连环画，阿平都会和我讨论内容，两人越说越兴奋，忘记了回家。最后，阿平妈在路上边找边唤，才把他带回家。我和阿平通过看连环画，结下了深深的同学情谊。

一个学期接着一个学期，不知不觉，阿平把小书店里的连环画都看遍了，《红楼梦》看了就忘，只有《水浒传》的故事能倒背如流。我也厚着脸皮和阿平一起看了数百本的连环画。

小学毕业，我考上了县中，没有想到我的作文经常被语文老师当范文在课堂里朗读。有一天，老师朗读完我的作文后，让我向同学介绍经验，我不会总结，只说一句话："小学时每天放晚学之后，看一本连环画。"说完，老师用"读书破万卷，下笔如有神"两句唐诗对我的写作经验进行了总结。其实，我从心里感激的是阿平。

二

  我和班里的语文课代表刘坪，经常结伴去学校图书馆借书，渐渐地成为要好的同学。刘坪告诉我，他的父母在小镇上开杂货店，经济还算宽裕，但刘坪在日常生活中十分节俭，课余时光，我从没见到他在校门口的零食小摊上买零食吃。

  一个星期天的下午，天气特别热，我和刘坪在县城逛街，两人走得汗流浃背。走到一家糖果店前，刘坪突然停住脚步，对营业员说："买一瓶正广和汽水！"营业员递给他一瓶正广和汽水，刘坪一边从口袋里掏出一张二分纸币交给营业员，一边说："给我打开瓶盖。"营业员打开瓶盖，汽水瓶立刻冒出一股白色水雾，喷洒在我们脸上。刘坪把汽水瓶递给我说："你先喝！"我把汽水瓶推给他说："你先喝！"两个人推来推去，把营业员都逗笑了！"那我先喝！"说完，刘坪抿了一口，便把汽水瓶交给我，我也象征性地喝了一口，立刻把汽水瓶交给他。就这样，我和刘坪，你一口，我一口，喝了小半瓶。这时，刘坪让我一个人喝完，我可不愿意，两人又推起来，营业员给我们用两只玻璃杯平分了剩下的汽水，我和刘坪高兴地把玻璃杯中的汽水一饮而尽！

  我和刘坪参加的全校征文比赛成绩揭晓，我获特等奖，奖金五角钱。对于我,这可是一笔不小的收入。周末的黄昏,我和刘坪去逛街,在街上发现一家新开的咖啡店,闻到了一阵阵咖啡香。我对刘坪说:"今天我请你喝咖啡!"刘坪忙说:"这个太贵了!"我说:"我们还不知道咖啡的味道哩,应该尝尝!"刘坪被我硬拉进这家装潢讲究的咖啡店,店里还播放着柔和的音乐。我让刘坪坐在沙发上,我则去柜台点咖啡。走近柜台,一个穿着时尚的年轻姑娘朝我笑着说:"要两杯咖啡吗?"我问:"多少钱一杯?"她说:"五角!"我尴尬地说:"我们喝一杯!"她奇怪地问:"有人不喝吗?"我一边支支吾吾地应着,一边走到刘坪对面的沙发落座。不多一会儿,服务员给我们送来一杯咖啡,放在小方桌上,咖啡的香气缭绕,桌上放了两把汤匙。我和刘坪又像喝汽水一样相互推辞。"你一口,我一口!"刘坪说,"咖啡的味道像家里烧焦的锅巴汤!""我的感觉和你的一模一样。"我赞同道。我们喝完咖啡,走出咖啡店,一嘴苦味,但我们却很开心——我们已经喝过咖啡,知道咖啡真正的味道。

三

初一下半学期,我刘坪合作了一篇一百多字的小寓言,寄给上海《少年报》。没想到半个月后,一天下午第二节课下课,刘坪拉着我走到学校的报廊前,他指着一张当天的《少年报》让我看,那上面刊登了我和他合作的寓言。当时我心里高兴极了!这件事在我们班里引起不小的震动。刘坪在许多同学面前说:"他把稿子给我看,我只提了一点儿小建议,他就把我的名字也写上去了!"我说:"刘坪太谦虚,他的建议升华了寓言的内涵!"

半个月后,一天下午,我和刘坪收到《少年报》寄来的一张三角钱的稿费单。放学后,刘坪和我去邮政局领稿费。走进邮政局,我和刘坪都比柜台矮,我把稿费单递上柜台。邮政局的叔叔对我们说:"看不出,你们还是小作家哩!"我们领了三角钱的稿费,走出邮政局的门口,耳边依然回响着"小作家"三个字。

一个周末的傍晚,华灯初上,我和刘坪在县城大街上闲逛,几家小饭店里飘出一缕缕的鱼肉香味,我对刘坪说:"我们把这笔稿费花掉吧!"刘坪点了点头,我们一起走进一家面馆,柜台上挂着各式面点的价格,一看吓一跳!幸亏最后一块面点牌上写着"菠菜炒面:五角",我便点了一碗菠菜炒面,走到刘坪跟前尴尬地说:"只好吃一碗!"刘坪说:"合吃一碗没什么不好的!"

不多一会儿,一碗热气腾腾的菠菜炒面端上了桌,我和刘坪你一筷,我一筷,越吃越好吃。忽然刘坪放下筷子,我忙问:"你怎么不吃?"刘坪说:"我已经吃了不少!"我干脆把碗里的炒面一分二,我们俩各一半,不再推来推去!

走出面馆,我们一边回味菠菜炒面的味道,一边回味我们共同创作寓言的经过。虽然我们今天合吃一碗面,但我们丝毫不觉得寒酸、羞涩,反而以此为荣,获得了一种写作的动力。

四

初二上学期的寒假,回到家的当天晚上,妈妈给我一条白绒布的围巾,我问妈妈从哪里买的,妈妈说从旧货摊上买的。我一听旧货摊,心里有点儿不快活。"你别厌弃它,它和新的一样,你摸摸它的面料有多软,围在脖子上多温暖啊!"妈妈见我神情不对,便把围巾给我围在脖子上,"你去照照镜子看!"我走近镜子,镜中人连我自己也不认识了,我心想:这条围巾在家里围围可以,上学我可不围。寒假中,同学们经常一起约出来活动,每次出门,妈妈总要把这条围巾给我围上,第一次我怎么也不敢走出家门,是被妈妈推出去的。一到同学中间,竟得到他们一片赞美声,有人说像诗人,有人说像名门弟子,还有人说玉树临风,我陶醉了!

开学了,天气依然寒冷。临走的晚上,妈妈再三叮嘱,出门一定要围围巾。次日一早,吃罢早饭,我提着行李时,妈妈走到我身旁,把那条围巾给我围得扎扎实实,然后送我上了去县城的轮船。

县城到了,春寒料峭,走出轮船码头,西北风刮来,我把脖子上围巾拉紧,向县中走去。一到学校,我就被惊异的目光包围,我知道是围巾的缘故。走进宿舍,几个老同学立刻把我围住,一个说:"你在演戏?"一个说:"你是诗人闻一多?"一个说:"你变了一个人!"我把围巾取下来,同学们不肯,非得让我围上。

日子一久,同学们对我脖子上的围巾习以为常,再也没人见了大惊小怪。有一次,我参加全校的演讲比赛时也围了这条围巾上台,我的演讲题目是《年轻人不仅要冒烟,还要燃烧!》。我演讲时,台下鸦雀无声,演讲完毕,经久不息的掌声响起。演讲颁奖会上,我得到了"最佳台风奖"。我知道这个奖是妈妈给的。

五

初三上学期期末,我接到家里的电报:父病故,速回。我心急如焚地赶回家，依然没能见到爸爸的最后一面，妈妈怕我脱课，让我赶快回校上课，当晚，妈妈把爸爸的一件呢大衣让我试穿，一穿长得齐脚板，宽得胸口能放一只老母鸡，实在是难看！妈妈说："你的被褥很薄，你带去盖在被褥上可暖和哩！它抵一条棉被啊！"妈妈关心我，怕我在外挨冻，我答应妈妈把爸爸的大衣带到学校。

次日早晨，天寒地冻，我沿着结冰的石板路向轮船码头走去，上了轮船，一声喇叭，轮船离开了故乡。我坐在轮船舱内，摸着爸爸的大衣，仿佛爸爸就在我身旁，我立刻回忆起和爸爸在一起的日子。

县城到了，我背着爸爸的呢大衣，走进学校宿舍，同学们去上课了，宿舍里空空荡荡，寒气逼人。我把爸爸的呢大衣穿在身上，在宿舍里踱步。下课铃声响了，我赶到教室上课。白围巾、呢大衣的我出现在同学们面前时，同学们发出一阵阵笑声。我尴尬地要把呢大衣脱下，刘坪走近我身旁说："没什么不好！你穿你的！"

放晚学了，我们宿舍的七位同学都围着我，有的劝我呢大衣照穿，有的劝我节哀。睡在我上铺的刘坪悄悄地对我说："今夜我们一起睡好吗？"我朝他笑着说："你看中我爸的呢大衣吗？"刘坪一本正经地说："这几天夜里，我都被半夜的寒流给冻醒!"

  第一次和刘坪一起睡,我怕自己会伤了他,我妈说我睡相不好,于是每次醒来,我便问刘坪:"我伤了你吗?"他笑着说:"我睡相不好,伤了你没有?"谁都不伤谁,看来我们一起睡时互相克制。这个奇冷的冬天,爸爸的呢大衣给了我和刘坪温暖的被窝,让我们度过了一个又一个奇寒的冬夜。

  每每回想起当年的一本连环画,一瓶正广和汽水,一杯雀巢咖啡,一碗菠菜炒面,一条白绒围巾,一件爸爸的呢大衣,我心里真觉得太寒酸了,但当时少年不识寒酸味,长大后这些回忆成为我宝贵的精神财富。